STÉPHANIE JANICOT

LES MAÎTRES DU TEMPS

roman

Postface de Jean-Pierre Luminet

ALBIN MICHEL

« Ils n'avaient pas compris comment les couloirs du temps s'étaient ouverts. Ils ne pouvaient que constater le phénomène et s'acharner à le reproduire, même s'ils devaient y abandonner leurs vies. »

Joey Bloom,
Les Maîtres du temps, 2048

« Le temps, c'est de l'argent. Parcourez le monde, rapportez-moi du temps, vous ne manquerez plus jamais d'argent. »

Monsieur Li, Shanghai, 2260

PREMIÈRE PARTIE

Passé

Ce sont les changements qui rendent le temps perceptible

Paris, 2024

En commençant sa thèse sur l'œuvre complète de Johar Stern, Sam ne pouvait imaginer en devenir un jour l'un des personnages. À l'époque, son professeur n'avait manifesté aucun enthousiasme. En quoi trente-cinq versions d'un même récit au titre absurde pouvait-il relever de la philosophie ? Mais Sam n'avait pas voulu en démordre. Elle était bien décidée à consacrer quelques années de sa jeunesse à l'étude comparative de l'ensemble de ces livres, qui tournaient tous autour de la disparition du père de la romancière, un jour de l'été 1975, au large des côtes américaines, dans le périmètre des Bermudes. Sam avait intitulé son futur travail : *Le Passage du temps dans la narration romanesque.* Lorsqu'elle se décida enfin à entrer en contact avec Johar Stern, la doctorante venait d'achever la lecture du trente-huitième volume, s'apprêtait à entamer le suivant et à laisser tout ce qui jusqu'alors n'avait été que concept théorique devenir la réalité de sa vie.

Le premier roman de ce cycle étrange, qui ne s'intitulait pas encore *Bermuda I* mais simplement *Bermuda*, datait de 1985. La très jeune romancière avait mis l'accent sur le mystère et la stupeur qui avaient entouré l'effacement de son père en Atlantique Nord alors qu'elle n'avait que huit ans. Elle décrivait le vide laissé par cette énigme, le regard de l'enfant abandonnée à la merci d'une mère esseulée et angoissée, une petite fille désignée par l'initiale S., dans laquelle certains commentateurs avaient cru déceler une allégorie de la Solitude.

L'année suivante, en 1986, Johar Stern, dix-neuf ans, avait exigé de son éditeur qu'il publie une version légèrement modifiée de ce livre. La maison d'édition avait communiqué sur le fait que l'ouvrage avait été un succès, qu'il était épuisé et qu'un retirage s'imposait. Que l'autrice ait tenu à intituler ce nouvel opus *Bermuda II* n'avait pas soulevé de remarques particulières.

En revanche, la parution de *Bermuda III*, en 1987, avait fait s'interroger de nombreux journalistes littéraires. Interviewée par un célèbre animateur de télévision, Johar Stern avait répondu, sur un ton modeste mais pénétré, qu'elle n'était pas satisfaite de ses deux premiers textes, qui présentaient le couple mère-enfant de façon trop « victimaire ». Elle avait donc souhaité instiller dans le récit de cette relation un peu de ce venin qui coule dans l'encre des grands pervers. L'idée n'avait pas été formulée aussi clairement mais, avec le recul, quelques rares experts l'avaient interprété de la sorte.

L'année suivante, *Bermuda IV* était passé complètement inaperçu.

Dans *Bermuda V*, elle avait enfin donné à la petite S. un prénom : Salomé. Elle avait été raillée par les quelques critiques qui avaient daigné s'emparer de l'ouvrage : « Mlle Stern tente vainement de nous intéresser à cette histoire éculée en fournissant une identité à S., mais c'est insuffisant pour apporter de la nouveauté dans le paysage littéraire. »

Bermuda VI avait révélé un nouvel âge pour Salomé, non plus les huit ans du début, mais treize, désormais. Entre les deux versions, le marqueur d'âge avait disparu sans que personne s'en soit rendu compte. À l'adolescence, le couple formé par la veuve et l'orpheline fonctionnait sur un mode sadomasochiste. Côté enfant : *Lâche-moi, maman, ne m'abandonne pas*. Côté mère : *Fous-moi la paix, ma fille, ne m'échappe jamais*. À tel point que la disparition du père dans les Bermudes semblait avoir été reléguée au second plan. Pourtant, elle occupait toujours la même place dans le texte. La sensation était étrange.

Entre *Bermuda VII* et *Bermuda XII*, la romancière avait peaufiné la personnalité de l'adolescente. À chaque nouvelle proposition, elle lui ajoutait des rêves, des déconvenues, des réflexions nouvelles. Le psychisme de la jeune fille prenait peu à peu le pas sur celui de la mère.

La parution de *Bermuda XIII* avait correspondu aux trente ans de l'autrice. Cela faisait longtemps que ses versions modifiées de *Bermuda* n'intéressaient plus le milieu littéraire. On s'étonnait seulement de la bonne composition de son éditeur. Qu'avait-il à gagner à publier ces livres qui sortaient en catimini ? Pour ce treizième volume et l'anniversaire de Johar Stern, un magazine branché avait réalisé un entretien surréaliste dont il ressortait que la romancière assurait n'avoir qu'une seule histoire à raconter. Elle reconnaissait son incapacité à trouver les mots justes du premier coup, et avoir besoin de retravailler sans cesse pour s'approcher au plus près de la vérité. Elle s'obstinerait jusqu'à ce qu'elle en soit satisfaite.

À ce stade de sa vie, la narratrice avait introduit un petit côté palpitant à la narration, si bien que *Bermuda XIII* aurait pu être classé dans la catégorie des thrillers. C'est peut-être pour cette raison, ou grâce à l'entretien précité, qu'un nouveau public avait paru s'intéresser à cette histoire. *Bermuda XIII* (ce chiffre n'était peut-être pas pour rien dans ce nouveau succès) avait dépassé les dix mille exemplaires, ce qui n'était pas si mal pour un livre qui, l'année précédente, n'avait pas atteint les mille deux cents ventes.

Les vingt-cinq *Bermuda* ultérieurs reprenaient, peu ou

prou, le schéma classique des trois temps : la disparition, l'attente du retour, puis l'impossible deuil. L'étude comparative des éléments de cet ensemble montrait que chacun ne différait que très peu du précédent. Pourtant, au bout du compte, l'opus XXVII était aussi éloigné du premier que le *Requiem* de Mozart de *Bastien et Bastienne*. Quelques *Bermuda* plus tard, un nouvel élément créa enfin chez Sam une véritable surprise. Au détour d'un paragraphe était apparu, pour la première fois, le décès de la mère. Soudainement, comme si cet événement n'était pas d'une importance aussi considérable que l'évanouissement du père dans les Bermudes alors que le couple mère-fille avait occupé l'essentiel de la réflexion de Johar Stern depuis ses débuts littéraires. Quand cette mort avait-elle eu lieu ? Ce n'était pas clair et cela détermina Sam à provoquer enfin sa rencontre avec la romancière.

Les éditeurs ne s'étonnent de rien. Celui de Johar Stern, après quarante ans de *Bermuda* inégaux, s'était résigné. À quoi ? Lui-même n'aurait su le dire. À l'absence de succès ? À l'indifférence du public ? Au défaut de la critique ? Un peu de tout cela sans doute mais il avait de la suite dans les idées et le sens de la fidélité. Officiant depuis 1975 (était-ce la raison pour laquelle le premier *Bermuda* l'avait touché, son entrée dans le métier coïncidant avec la disparition du père de Stern ?), il avait succédé à son propre père à la tête de la maison familiale, nourrissait ses comptes avec des romans grand public et ne connaissait pas la crise. Finalement, avec le recul, la publication de l'œuvre singulière de Stern faisait avantageusement figure d'avant-garde littéraire dans un catalogue gras et mou. Il fallait reconnaître que cette autrice ne demandait pas de gros investissements. Sa directrice littéraire avait abandonné l'idée de lui demander des corrections puisque c'était le propos même de ses livres. L'attachée de presse n'envoyait plus systématiquement les nouvelles parutions aux journalistes, se contentant de répondre à leurs (rares) demandes. Quant à la publicité, elle n'avait jamais existé. Cet ensemble de paramètres faisait de chaque *Bermuda* un livre rentable dès le cinq centième exemplaire, seuil qui, étrangement, avait toujours été franchi. L'éditeur pouvait donc se réjouir de marquer l'histoire de la littérature à peu de frais.

Lorsque Sam se décida à prendre contact avec la maison d'édition, une standardiste perplexe répondit au téléphone :

– Johar Stern, je ne sais pas qui s'en occupe mais je peux vous passer la presse.

Il lui fallut laisser trois messages avant de tomber sur quelqu'un :

– À quelle adresse dois-je vous faire envoyer le dernier Stern ?

– Mais j'ai *déjà* tous ses livres ! protesta la thésarde, j'appelle pour solliciter un entretien avec l'autrice.

L'assistante du service n'avait jamais reçu une telle demande. Depuis le temps qu'elle travaillait dans la maison, elle-même n'avait pas eu l'occasion de croiser Johar Stern, à croire que celle-ci n'était que le prête-nom d'une supercherie littéraire.

– Je vais me renseigner, conclut-elle avec indolence.

Deux autres messages plus tard, Sam put parler avec une alternante, encore à mi-temps à la fac, qui témoignait du respect pour les thèses de doctorat.

– Je ne sais pas si nous avons son téléphone, mais je trouverai forcément un mail quelque part dans son dossier. Je vous rappelle dès que j'ai mis la main dessus.

Ces trois mots, « Je vous rappelle », lui avaient été si souvent répétés que Sam ne croyait plus guère que sa recherche progresserait sans relance. Toutefois, l'après-midi même, Sam reçut des nouvelles de l'étudiante qui lui assura :

– Le directeur va vous téléphoner directement, c'est lui qui vous mettra en relation avec Johar Stern.

À ce stade, Sam crut son affaire définitivement enterrée. Et pourtant, une heure plus tard, l'éditeur, le patron, le boss, en somme, celui qui, depuis presque quarante ans, avait méthodiquement publié la série des *Bermuda*, la contactait, en personne.

– Une thèse, dites-vous, quel intitulé ?

– *Le Passage du temps dans la narration romanesque*

de Johar Stern. C'est une thèse de philosophie, mais elle comportera aussi une étude comparative de la langue entre les différentes versions. La sémantique compte beaucoup pour moi.

– C'est très intéressant, j'étais certain que quelqu'un finirait par comprendre l'importance de cette œuvre, *majeure*, croyez-moi.

Sam bredouilla que, oui, bien sûr, elle le pensait également sinon elle n'aurait pas envisagé d'y consacrer tout ce temps.

– Je vous invite à déjeuner pour en parler, proposa l'éditeur avec enthousiasme.

Ce n'était pas ce que Sam avait souhaité, mais elle tenait enfin une piste sérieuse, elle n'allait pas la lâcher.

L'éditeur avait atteint l'âge où la plupart de ses contemporains mettaient en ordre leurs trimestres de cotisations en vue d'une prochaine retraite. Il portait la tête haute, les cheveux blancs et un sourire de prédateur. Un mouvement féministe avait cependant traversé la société trois ans plus tôt et Sam ne devait pas craindre que cette entreprise de séduction se transforme en drague lourde.

De cet excellent déjeuner (sole meunière certainement pêchée avec un hameçon en or et coupe de fruits rouges au prix du caviar) il ressortait que Johar Stern existait bel et bien, qu'elle vivait recluse dans une maison en Bretagne, un lieu que sa mère (pourtant américaine) n'avait jamais voulu quitter, dans l'espoir de voir, un jour, son mari réapparaître. L'écrivaine ne se prêtait pas au jeu des rencontres parisiennes mais elle n'avait jamais interdit à l'éditeur de la mettre en contact avec des lecteurs. Ce n'était tout simplement plus arrivé depuis *Bermuda XIII*.

– Je vais l'appeler moi-même pour m'assurer qu'elle n'y est pas opposée. Puis je vous communiquerai son mail et vous vous mettrez d'accord pour vous rencontrer. Je lui dirai tout le bien que je pense de vous.

Sam rectifia pour elle-même : tout le bien qu'il pense de ce travail à venir. Comment aurait-il pu penser quoi que ce soit d'elle, qu'il ne connaissait que depuis deux heures ? La confiance est question de durée. Comme la plupart des qualités relationnelles, elle requiert de nombreuses expérimentations, et donc du temps. Sam en savait quelque chose ; son mémoire de Master 2, très bergsonien, s'intitulait : *Le Temps : durée, succession, simultanéité*.

Toutefois, elle comprenait la fougue de l'éditeur : cette thèse en cours justifiait la continuité de son engagement. Elle-même commençait à se sentir fébrile. Se pouvait-il qu'elle rencontre enfin la mystérieuse romancière de l'existence de laquelle elle avait fini par douter ? Serait-elle à la hauteur de sa mission ? Sam pressentait qu'elle pouvait devenir celle qui donnerait son sens au travail de Johar Stern. L'œuvre de Stern vaudrait par les regards portés sur elle, par les analyses qui la mettraient en perspective. Un volume seul de *Bermuda* serait comme un membre détaché du corps, la totalité des volumes, voilà qui serait le témoignage d'une vie, d'une pensée déployée sur la durée. Finalement, Sam était la flamme prête à allumer la mèche qui ferait de tous ces *Bermuda* un feu d'artifice.

« Le temps est universel,
l'espace est immuable »

Isaac Newton

Londres, 1683

En cette année 1683, Nicola n'était encore qu'une crevette, ayant à peine atteint l'âge de raison. Quelques mois plus tôt, son père avait pris un fatal coup de couteau dans l'abdomen, et une invasion de poux avait obligé la mère à raser toutes les têtes de sa marmaille, garçons ou filles indifféremment. Puis elle avait envoyé ses enfants de plus de cinq ans gagner leur vie aux quatre coins de Londres. L'année précédente, Nicola avait empoché quelques sous en portant des livres secrets de l'enseigne du Pélican, une librairie connue pour ses activités occultes, à des clients dont il ne fallait jamais prononcer le nom. Nicola maîtrisait l'art de se rendre invisible. Personne n'aurait pu la soupçonner d'être le rouage d'un trafic d'ouvrages hérétiques. C'est donc tout naturellement vers le libraire, William Cooper, qu'elle se tourna lorsqu'elle fut mise à la porte de chez elle.

Avec son crâne rasé, ses joues sales, la vieille salopette trouée qu'elle avait héritée de ses frères, le libraire la prit pour un va-nu-pied, ce qu'elle était du reste. Il s'apprêtait à la mettre à la porte lorsqu'il la reconnut enfin.

– Ça alors ! Niki ! Mais qu'est-ce que je vais faire de toi ?

Dans un premier temps, il lui fit donner un bain par la gouvernante. Pour les courses discrètes, les vêtements de garçon qu'elle avait toujours portés étaient préférables. Qui remarquerait un petit gueux de plus ou de moins dans une ruelle sombre ? Il chargea la gouvernante de trouver un lot d'habits masculins déjà usés mais propres. Ainsi commença la carrière de Nicola.

Lorsqu'elle n'était pas occupée à apporter des livres ou des convocations pour des réunions dans l'arrière-salle de la librairie, la gamine devenait la servante des servantes, la préposée aux épluchages et aux pots de chambre en espérant qu'elle se soit lavé les mains entre les deux, ce qui n'était guère probable. Ce labeur, peu reluisant, fut le premier chapitre de son incroyable destin.

Un peu plus tôt dans l'année, le colocataire d'Isaac Newton à Trinity College, à Cambridge, John Wickins, qui lui servait d'ami, de secrétaire ou de laborantin en fonction des besoins, avait annoncé son mariage. Plus de quinze années de complicité s'apprêtaient à se déliter dans le tombeau du souvenir. Ensemble, ils avaient franchi les étapes de la fraternité propre à l'établissement : étudiants, diplômés, *fellows*. Conscient du génie de son camarade, Wickins s'était chargé de la lourde tâche de mettre en ordre ses innombrables notes. Avant même que ce mariage soit devenu effectif, Newton sentit le froid qui s'immiscerait dans le vide de sa demeure. Misanthrope comme il l'était, il ne l'aurait avoué pour rien au monde, mettant depuis toujours un point d'honneur à être autosuffisant dans tous les domaines de son existence. Il savait qu'il lui faudrait engager un secrétaire et peut-être aussi un nouveau grouillot de laboratoire.

Parce qu'il était né un 25 décembre du calendrier julien, Isaac Newton s'était cru, depuis l'enfance, investi d'une mission divine, laquelle passait par l'alchimie, ce qui expliquait son accointance avec l'enseigne du Pélican. Il y consacrait l'essentiel de son temps. Le prestigieux professeur ne connaissait de la vie que le travail. Dès le berceau, le dieu de la connaissance, perspicace, s'était arrangé pour que l'acuité intellectuelle du futur savant ne fût pas gâtée par l'amour des siens. Orphelin de père, délaissé par sa mère, il n'avait trouvé de plaisir qu'à l'étude et à la construction d'objets insolites dont certains continuaient à s'avérer utiles, comme ses multiples fours et moulins à eau. Écraser ses condisciples du poids de son savoir, récolter leur haine en retour, ne lui posait pas de problème particulier. À l'adolescence, sa famille avait bien tenté d'en faire un paysan – on avait tant besoin de bras aux champs –, mais le bougre savait donner de la voix et ne voyait aucune raison de se montrer agréable avec son entourage. Il était parvenu à se dépasser jusqu'à intégrer le prestigieux Trinity College de Cambridge, qu'il n'avait, dès lors, presque plus quitté, hormis lors d'un intermède de confinement dû à la peste bubonique en 1665 – au cours duquel, disait la légende, il avait vu tomber sa fameuse pomme. Membre de la Royal Society, il lui arrivait, néanmoins, d'effectuer de réguliers séjours londoniens, comme en ce moment.

Le savant s'apprêtait à sortir de son appartement lorsqu'il tomba sur le regard bleu de glace de Nicola dont les cheveux clairs commençaient timidement à repousser. Elle lui tendait une invitation pour une séance qui se tiendrait le soir même à la librairie.

– Tiens, je ne te connais pas, toi ! remarqua-t-il.

– C'est que vous ne venez pas souvent à Londres, maître Newton, répliqua Nicola sans souci des convenances, je travaille pour maître Cooper depuis plus d'un an, je connais tous vos confrères de la Royal Society et bien d'autres aussi.

– Tu sais donc lire les noms sur les enveloppes ?

– Maître Cooper m'a appris les lettres et vos noms. Depuis, je me suis exercée à lire. Ce n'est pas si difficile.

– Ainsi, tu sais lire, mon garçon. Vraiment ? Tiens, quel est le titre de ce livre ?

Nicola fronça les sourcils. Elle avait l'habitude d'être

appelée « mon garçon », sans pour autant apprécier la méprise. Elle n'en dit rien, et lut :

– *Vies des hommes illustres.*

– Et l'auteur ? insista le maître.

– Plutarque.

– Et toi, comment t'appelles-tu ?

– Nicola, et je suis une…

– Nicolas, j'ai une devinette pour toi.

La gamine plissa le front de plus belle.

– Nicola, répéta-t-elle d'un petit air têtu, pas Nicolas, je suis une fille.

Le savant semblait ne rien entendre, il lui fit signe de le suivre. La petite pouilleuse ouvrait grand les yeux, comme pour ne rien oublier de ce qu'elle voyait dans les pièces qu'elle traversait. Newton sortit un morceau de verre d'un tiroir.

– Voici une expérience que j'ai faite lorsque j'étais jeune et qui m'a mené loin. Regarde.

Il ferma les volets de sorte que seul un rai de lumière passe par le trou de la serrure. Il donna la pierre polie, transparente, à Nicola en lui disant de bien la positionner sur le trajet de la lumière et se plaça derrière elle avec un morceau de tissu blanc. Après quelques mises au point, un arc de couleurs apparut sur le tissu. Nicola émit un gloussement de plaisir.

– C'est amusant, dit-elle.

Mais cela ne semblait pas être de l'avis du maître dont

les sourcils formaient deux barres sévères au-dessus de son long nez.

– Amusant ? Ce n'est pas le but. Je veux savoir ce que tu peux déduire de cette expérience.

Au tour de Nicola de fermer son visage. Qu'est-ce que ce vieux bonhomme voulait lui faire dire ? Elle regarda le rayon de soleil qui se faufilait par le trou, le morceau de verre, les couleurs projetées sur le tissu blanc.

– Peut-être que des couleurs sont cachées dans ce morceau de verre et que le rayon de soleil permet de les éclairer, avança-t-elle.

– Intéressant ! répondit le maître avec une certaine admiration. Ce n'est pas la solution mais tu n'es pas loin et ton raisonnement aurait pu être juste. Regarde encore.

Newton plaça un autre morceau de verre derrière le premier et la lumière redevint blanche. Nicola réfléchit en observant le dispositif. Puis elle suggéra :

– Alors les couleurs sont peut-être cachées dans le rayon de soleil et c'est le morceau de verre qui permet de les voir.

– Mais c'est très juste ça ! Mon *little fellow*, c'est que tu es très malin. Dès lors, qu'en déduis-tu ?

– En déduire ? demanda Nicola perplexe.

– Oui, si tu devais exprimer ce que tu viens de découvrir de manière générale, que dirais-tu ?

– Je dirais que dans le rayon de soleil…

– Que tu peux appeler la lumière.

– Donc, dans la lumière, il y a des couleurs cachées.

– Dit autrement, cela donne : la lumière blanche est composée d'un spectre de couleurs que l'on peut décomposer à l'aide d'un prisme.

– Prisme, c'est le nom du morceau de verre ?

– Exact. Pense à l'arc-en-ciel. Il pleut, des gouttelettes sont en suspension dans l'air, un rayon de soleil passe au travers et se décompose en plusieurs couleurs qui forment l'arc-en-ciel.

– Ah, les gouttes d'eau peuvent donc aussi servir de prisme ?

– Exact. Nicolas, tu me plais. La plupart de mes étudiants de Trinity College sont bien moins intelligents que toi. Je pourrais avoir besoin de quelqu'un comme toi. Que dirais-tu de venir vivre à Cambridge, *little fellow* Nicolas ? Cela te plairait-il d'apprendre la chimie ?

Les yeux de Nicola s'agrandirent. Elle renonça à le reprendre, après tout, s'il voulait qu'elle soit un garçon, et si cela devait lui permettre d'apprendre un métier qui ne soit pas celui de servante, elle n'y voyait pas d'inconvénient. Elle avait entendu les vieux convives de William Cooper parler de Newton avec emphase. Elle se sentit fière d'avoir été remarquée par lui.

Le soir même, Isaac Newton demandait à William Cooper l'autorisation de débaucher son petit coursier pour le ramener avec lui à Cambridge. Le libraire ne voyait pas ce départ d'un bon œil mais il se dit qu'un jour, il récupérerait Nicola et obtiendrait d'elle des informations de premier choix sur le travail du savant. De toute façon, il ne pouvait s'opposer à la volonté du professeur, même s'il lui fallait pour cela recruter un autre apprenti.

Nicola n'avait rien d'autre qu'une chemise et une culotte propres à emporter avec elle. Jamais de sa courte existence elle n'avait mis les pieds dans une voiture. Celle-ci était particulière. Petite, élégante, noire, bordée de rouge, elle ne comptait que trois places. Sans doute Newton n'avait-il pas envisagé de faire voyager ce petit laquais à ses côtés, mais il n'eut pas le temps de lui désigner la place à côté du cocher que déjà elle avait gravi les marches et s'exclamait :

– Je n'ai jamais rien vu d'aussi joli !

Newton se rengorgea :

– Je l'ai fabriquée moi-même il y a quelques années, pour ne pas avoir à voyager avec des importuns.

Nicola comprit qu'il lui faudrait beaucoup d'efforts pour maîtriser le vocabulaire de son nouveau maître, mais elle était prête à tout pour échapper à son destin crasseux.

Le village de Cambridge n'avait rien à envier à la misère londonienne. On y trouvait les mêmes gueux, les mêmes poux, les mêmes tavernes, les mêmes masures ouvertes aux quatre vents. Les étudiants avaient interdiction de s'y rendre. Le jeune Isaac Newton n'avait jamais éprouvé l'envie de transgresser le règlement, contrairement à son camarade de chambrée, John Wickins, qui avait maintes fois tenté de le débaucher en lui vantant les mérites des filles de joie. Cette perspective horrifiait l'étudiant puritain. Ce n'est pas en accédant au statut de professeur que Newton avait revu son jugement. Il n'avait pas de temps à perdre à ces choses. Seuls l'étude, le travail, les expériences chimiques retenaient son attention. Il mit en garde sa nouvelle recrue contre la tentation d'aller voir de ce côté-là.

– La misère, j'en ai eu mon lot, je n'en veux pas davantage, lui répondit Nicola.

Cela suffit à rasséréner le maître ; ce petit drôle ne lui fausserait pas compagnie comme les autres jeunes garçons, ces soi-disant étudiants, qui n'aspiraient qu'à se divertir.

Ils avaient voyagé presque deux jours et arrivèrent à la tombée de la nuit. Les bâtiments universitaires firent grande impression à la gamine élevée dans les bas-fonds de Londres, en bordure de Tamise. Qu'il pût exister de pareilles étendues verdoyantes autour de constructions si parfaites la rendit muette. Newton perçut cette admiration silencieuse qui le remplissait d'orgueil. N'était-il pas le bienfaiteur de cet être fragile ? Cette idée lui plaisait grandement et il sentait monter en lui la douce chaleur du contentement. Les appartements du professeur, jouxtant l'entrée principale, comprenaient un bureau en rez-de-jardin, des pièces de vie au premier étage et des mansardes au second. L'une d'entre elles était la chambre de James, le domestique, une autre servait de débarras (le maître conservait un grand nombre d'objets obsolètes), une dernière, jusqu'alors inoccupée, serait celle de Nicola. Dans le salon, James avait préparé le feu. Dès l'apparition de l'enfant, il avait porté sur lui le regard courroucé d'un vieux chat furieux de l'introduction d'un chaton sur son territoire. Afin de ne pas fâcher son maître qui continuait de la considérer comme un garçon, la gamine prétendit s'appeler Niki, surnom utilisable au masculin comme au féminin.

– James te montrera ta chambre, *little fellow*. Elle n'a jamais servi. Tu y trouveras un lit et une couverture. Tu me diras demain ce qui te manque et je ferai en sorte d'y pourvoir, à condition que la demande soit raisonnable, cela va de soi.

Nicola tombait de fatigue mais avait encore plus faim que sommeil. Elle se jeta sur le pain et le fromage que James déposa sur la table. Il ne lui échappait pas que le serviteur la regardait avec désapprobation mais elle n'était pas en état de chercher à lui plaire. Pour finir, elle s'endormit sur le fauteuil et James dut la porter pour la déposer sur son lit. Elle ne pesait pas plus lourd qu'une tourterelle. Il se demanda quel serait le rôle de ce curieux loustic.

Dès le lendemain, Isaac Newton entraîna son nouvel assistant à travers le jardin, jusqu'au laboratoire niché contre le mur de la chapelle. Ses obsessions enfantines avaient trouvé là leur accomplissement : des fours, il en avait construit de toutes tailles, que James allumait dès son réveil. Creusets, fioles, alambics – tout un bric-à-brac était posé sur les étagères. Nicola se contenta de remarquer qu'il faisait chaud et que c'était bon.

– Tu n'as qu'à dormir ici, *little fellow*, dit le Vulcain de Cambridge en haussant les épaules. Je travaille jusqu'au milieu de la nuit et reprends aux premières heures du jour. Ici, la température ne baisse jamais complètement.

Nicola comprit qu'il ne faudrait pas ennuyer le maître avec des considérations matérielles. Elle aurait toute latitude pour s'occuper d'elle-même à condition de ne pas évoquer devant lui la vulgarité du monde sensible.

Cette première matinée, elle se contenta d'observer la manière dont il manipulait le feu, les outils, les métaux. Plus tard, lorsqu'elle le connaîtrait mieux et ne craindrait plus ses colères, elle demanderait naïvement :

– L'alchimie, ça sert à faire de l'or ?

– Petit sot, tu te laisses abuser par les médiocres de ce monde. Nous nous moquons bien de l'or qui n'apporte que tracas et cupidité. Il s'agit avant tout de comprendre la matière, cette matière qui est l'œuvre de Dieu ; pénétrer ses mystères, c'est accéder à la compréhension suprême. Mets-toi bien ça dans la tête, *little fellow*. L'or est celui de notre esprit.

Isaac Newton possédait trente versions de la Bible, qu'il avait toutes étudiées, épluchées, annotées. Il était convaincu de trouver dans les Écritures les clés du

Grand Mystère. Dans ses fours, il décomposait la matière comme il avait décomposé la lumière et tentait sans cesse de nouvelles combinaisons. Il s'acharnait particulièrement sur le mercure qu'il voulait purifier au-delà de ce qui avait été possible à ce jour, convaincu que dans cette pureté se trouvait le secret de la pierre philosophale et des mystères du monde. Sans comprendre qu'à tant manipuler ce métal toxique, il s'empoisonnait à feu constant. Ainsi, sa chevelure, d'un blond légèrement roussi, qui avait été remarquablement abondante dans ses jeunes années, commençait à se faire rare. Ce qu'il cherchait, au fond, avec cet acharnement, c'était le système parfait, total, celui qui expliquerait tout, de la création du monde à la course des planètes. Pour ce grand œuvre, il s'était choisi un nom latin : Ieova Sanctus Unus. Nicola s'imaginait volontiers se choisissant à son tour un nom d'élection, comme Hosanna Sancta Alleluia, et découvrant, aux côtés de son maître, les secrets de l'univers.

Dans les semaines qui avaient suivi l'arrivée de Nicola à Cambridge, John Wickins avait confirmé son départ. Newton, redoutant les adieux et toute forme de sensiblerie qui aurait pu l'émouvoir, avait décidé de fuir dans son fief familial, à Woolsthorpe, avec sa nouvelle recrue. Il reconnaissait chez cet enfant de nombreux traits de son propre caractère : la curiosité, la patience, la concentration, la dextérité manuelle, la brillante intelligence. Malgré cela, il ne pouvait espérer faire de Nicola son secrétaire avant quelques années. Sa maîtrise de l'écriture était trop balbutiante et sa connaissance du latin, inexistante. La désertion de Wickins – c'est ainsi qu'il envisageait le mariage de son vieux comparse et son retour dans ses terres – le plaçait dans une situation de fragilité. Qui comprendrait ses pattes de mouche ? Qui mettrait en forme ses interminables notes ?

Il fallait deux jours de voiture pour gagner le Lincolnshire, dans le nord-est de l'Angleterre. Nicola, qui n'avait jamais quitté Londres, n'en revenait pas que ce pays fût si grand. Et qu'une personne, fût-elle aussi honorable que Newton, puisse posséder autant de demeures richement meublées. À Woolsthorpe, Nicola fit la connaissance d'une des demi-sœurs du professeur et de son demi-frère. Elle apprit lors de ce séjour que la perte d'une mère, même d'une mauvaise mère, est toujours source de chagrin. Car lorsqu'elle posa la question, le savant soupira qu'il avait tout fait pour sauver la sienne d'une terrible fièvre mais qu'il avait dû s'incliner devant la volonté de Dieu. Un instant, Nicola se demanda avec un semblant de nostalgie si elle reverrait un jour sa propre mère. Mais lorsqu'elle songea à la pièce commune dans laquelle s'entassaient les neuf enfants, avec les rats, les odeurs de chou, la mauvaise humeur du père lorsqu'il était encore vivant et les cris de sa génitrice, elle n'eut pas de mal à secouer la tête et à chasser les regrets.

Au cours de ce séjour, Newton engagea son nouveau

secrétaire, un gros garçon, un peu gauche, d'environ dix-huit ans, qui donnait des leçons de mathématiques à Grantham, le village où Isaac, enfant, avait été en classe. Il vint se présenter de la part du directeur de l'école, pas peu fier de s'appeler Humphrey Newton, laissant faussement entendre qu'il pouvait appartenir à une branche éloignée de la famille paternelle du savant. Nicola était aussi vive et fine que Humphrey était lourd et maladroit. De surcroît, il zézayait. Mais on sentait chez lui la loyauté, la droiture et une intelligence rigoureuse. La petite fut contente de voir la famille s'étoffer, elle avait vécu sa petite enfance dans une telle promiscuité que l'appartement vide de Cambridge lui paraissait être une sorte de monastère, lieu qu'elle ne connaissait que par ouï-dire, mais dont l'austérité était connue.

Les années qui suivirent l'arrivée de Nicola furent celles au cours desquelles Newton, en pleine force de l'âge, écrivit (ou dicta à Humphrey) ses *Principes mathématiques de la philosophie naturelle*. Outre les lois de la gravitation universelle, il assénait avec force deux certitudes absolues : l'espace est immuable, le temps est universel.

Pour Nicola, qui avait suivi toutes les étapes de la construction de cette théorie et de sa rédaction, cette universalité du temps n'allait pas de soi. Elle pouvait constater qu'au fil des cinq ou six dernières années, son aspect physique avait bien changé, tandis que celui de Newton et, dans une certaine mesure, celui de Humphrey étaient restés les mêmes. C'était bien que le temps ne s'écoule pas pour tous de la même manière. Le soir, elle bâillait avant Ieova et s'endormait en quelques secondes sur le matelas qu'elle avait descendu dans le laboratoire au lendemain de son arrivée. Pendant ce temps, l'alchimiste poursuivait ses cuissons et ses dissociations. En revanche, elle était capable de se rendre à l'autre bout du collège en quelques minutes pour aller lui chercher un livre ou porter un document à l'un de ses confrères, alors qu'il aurait fallu au maître trois ou quatre fois plus de temps. Et alors qu'elle mourait d'ennui après quelques minutes de concentration, il était capable de rester sur une même opération pendant des heures. Sans parvenir à le formuler, elle avait compris que le temps n'était pas le même pour lui et pour elle, en dépit de l'horloge du collège qui paraissait avancer toujours au même rythme.

Ce qui l'avait excitée tout d'abord, cette quête absolue d'un système total expliquant tout et permettant d'atteindre Dieu, elle s'en était lassée en constatant que le génie butait sans cesse sur les mêmes obstacles, comme si le fruit de la quête de Newton appartenait à un arbre de la connaissance par nature inaccessible.

Ces derniers mois lui avaient surtout apporté des craintes nouvelles : celles d'être démasquée par les autorités de Trinity College. Elle n'ignorait pas que l'accès à ce temple du savoir était interdit au sexe féminin. Or, pour la première fois, elle avait saigné. Et pour la première fois, elle avait désobéi. Elle s'était rendue au village à la recherche d'une guérisseuse capable de faire cesser ce flot inquiétant.

Depuis qu'elle était au service du savant, il mettait chaque semaine de côté une pièce dans un coffre.

– Ton coffre, *little fellow*, avait-il dit. Il t'appartiendra lorsque tu me quitteras.

À l'époque, elle s'était récriée. Elle n'était encore qu'une petite fille qui se jurait de ne jamais quitter un si bon maître. Lors de son escapade, elle avait été heureuse de pouvoir prélever une pièce de son précieux pécule pour aller chercher de l'aide. Au village de Cambridge, elle fut orientée par des filles de joie vers une vieille femme au sourire bienveillant qui n'avait pu s'empêcher de rire en entendant les raisons de cette visite.

– Ta mère ne t'a donc parlé de rien, petite ?

– Je n'ai pas de mère, répliqua Nicola, vexée.

– Alors je vais t'expliquer.

En quelques minutes, Niki sut ce qu'il y avait à savoir de sa condition de fille. Tandis qu'elle sortait sa pièce, la vieille femme lui dit :

– Range ton argent, mon enfant, je n'ai pas pour habitude d'abuser de l'innocence des orphelins. Rentre chez toi et fais attention à toi. Les filles sont des proies faciles, même lorsqu'elles sont, comme toi, habillées en garçon.

– Prends ma pièce, je t'en supplie, si tu ne la gardes

pas pour toi, donne-la à quelqu'un qui en fera bon usage. Moi, ce dont je vais avoir besoin désormais ne s'achète pas.

– Que Dieu te garde, petite, tu es bonne et Il sera bon avec toi.

Le temps est créé par la perception des sens

Paris, 2025

Pour Benjamin, ce qui ne pouvait être mis en équation ne méritait pas que l'on s'y intéresse. L'amour, par exemple, était, pour lui, une chose trop hors de portée pour qu'il y consacre sa vie. Miser sur un sentiment aussi mouvant ne pouvait conduire qu'à une perte de temps, et le temps, pour le coup, son camarade de fac Cédric l'avait réduit à une intéressante fonction logarithmique qui liait la sensation d'accélération au nombre d'années vécues. En clair, plus on avance en âge, plus on a l'impression que le temps passe vite.

Il était difficile d'adjoindre une équation à l'amour, c'est pourquoi Benjamin l'avait toujours fui. Toutefois, quand, dix ans plus tôt, il avait rencontré Sam, il avait accepté de revoir sa copie. Il s'était ingénié à appliquer à leur cas son sujet d'étude : la théorie des cordes. Selon ces lois de la physique quantique, toute chose pouvait être réduite à des brins d'énergie infiniment plus petits que les particules. Ces vibrations créaient des intrications entre des molécules qui avaient été en contact, alors même qu'elles étaient séparées par de longues distances. En clair, si deux choses avaient été liées, la distance ne pouvait pas les délier. On pouvait trouver exagéré d'appliquer les principes de l'infiniment petit à des êtres humains, mais c'était si rassurant. Car, pour Benjamin, les vibrations de Sam étaient éminemment compatibles avec les siennes. Et la théorie des cordes pouvait s'appliquer.

Pour commencer, leurs familles étaient très complémentaires. Celle de Benjamin était tout ce qu'il y a de plus classique : un père, une mère, relativement jeunes et toujours ensemble ; un frère aîné dont la parfaite trajectoire (travail stable, mariage, paternité) comblait leurs parents, libérant Benjamin de toute obligation du même ordre.

Chez Sam, la famille était une catastrophe, un père reporter-photographe aujourd'hui décédé, une mère journaliste de guerre qu'elle n'avait pas revue depuis près de trente ans. Dès sa naissance, Sam avait été confiée à sa grand-mère maternelle pendant que ses parents sillonnaient un monde en ruine. Puis ceux-ci s'étaient séparés et sa mère l'avait totalement abandonnée pour rejoindre une secte quelque part dans les Alpes, entre la France, la Suisse ou l'Italie. Le père n'avait alors pas exigé de récupérer sa fille. Dans l'appartement de sa grand-mère, la chambre de Sam était tapissée d'un papier peint à fleurs roses. Dans ce quartier du centre de Paris, elle venait d'entrer en primaire et se réjouissait, comme à chaque rentrée depuis la maternelle, de retrouver toutes ses copines. Le père était passé pour magnanime mais en vérité, il s'accrochait à sa liberté. Depuis son divorce, il avait troqué les pays en guerre contre des paysages de carte postale : il s'était reconverti dans la photographie animalière et parcourait les grandes plaine africaines, les steppes asiatiques, les étendues blanches des pôles. Lorsqu'il souhaitait gagner rapidement beaucoup d'argent, il acceptait des shootings de mode aux Seychelles ou aux Maldives, ce qui lui permettait, en bon macho de ce temps révolu, quelques aventures d'un soir.

Sa fille ? Il venait l'embrasser quand il était de passage à Paris en lui promettant de l'emmener avec lui lorsqu'elle serait plus grande. Il faut reconnaître qu'il avait tenu parole : il avait pris l'habitude de jumeler les vacances d'hiver avec un reportage exotique et ses semaines d'été avec l'observation de la nature dans un pays plus septentrional. Sam ne se plaignait pas de sa curieuse vie familiale. Sa grand-mère était aimante et le confort de son existence, comparé à celui des enfants de sa classe, qui lui enviaient ses voyages à travers le monde, était évident. De telle sorte qu'en dépit du double abandon parental, elle avait fini par se considérer comme privilégiée. Ainsi avait-elle grandi, entre des journées heureuses et des nuits d'insomnie. Cette propension au combat nocturne avait eu pour heureuse conséquence une somme de lectures très supérieure à la moyenne et une haute capacité à la méditation philosophique, branche dans laquelle elle avait, *in fine*, décidé d'exceller.

Lorsque le père de Sam avait succombé à une crise cardiaque, elle venait de rencontrer Benjamin. Il ne lui avait pas paru contre nature d'échanger l'amour (relatif) d'un père contre celui (encore timide) d'un compagnon. Elle avait hérité de l'appartement paternel, non loin de celui de sa grand-mère, et s'y était installée. Le jeune couple avait adopté un chat que le physicien avait nommé Schrödinger (en hommage au félin rendu célèbre par le scientifique autrichien). L'animal conférait à leur foyer un semblant de normalité.

Avec le recul, Sam s'était rendu compte que vingt-deux ans, c'était encore jeune pour se retrouver orpheline. Et surtout, elle sentait, de manière instinctive, comme une bête redoutant l'orage, que le chagrin à venir serait le tsunami de sa vie. Certes, sa grand-mère était plutôt en forme mais Sam ne pouvait s'empêcher d'anticiper le moment où elle devrait faire face au vide de son absence.

Il y a cela de terrible chez ceux qui, dans leur jeunesse, ont connu l'abandon, le manque ou le deuil, c'est qu'ils ne peuvent plus jamais jouir innocemment des instants heureux. Il leur faut sans cesse œuvrer pour se prémunir des souffrances à venir. Sam ne voulait s'attacher à rien, ni à un animal, ni à un enfant. Certes, elle avait laissé Benjamin entrer dans son existence mais elle s'arrangeait pour vivre sa vie de couple avec une certaine désinvolture qui, à défaut d'être vraiment efficace, lui paraissait vaguement protectrice. Lorsqu'il avait rejoint leur foyer, elle avait procédé de même avec Schrödinger, quelques caresses de temps en temps, rien de plus. Elle trouvait rassurantes les explications scientifiques des théoriciens des cordes. Si ses brins d'énergie étaient en harmonie avec ceux de Benjamin, ils l'étaient de manière structurelle, rien ne pourrait changer cet état de fait. Pas même l'introduction d'un tiers. *L'introduction d'un tiers* ? Pourquoi avait-elle pensé cela ?

Une décennie plus tard, elle trouverait curieux de s'être formulé les choses de cette manière dès le début de leur relation, comme si elle avait eu la prescience de ce qui surgirait un jour.

Nos pertes mesurent le temps

Kermaz, janvier 2025

À Quimper, Sam loua une voiture, elle n'en avait jamais possédé et manquait d'expérience. Des trombes d'eau s'abattaient sur son pare-brise, le ciel gris-blanc descendait jusqu'à terre, des éclats gelés se reflétaient sur la route étroite. Affolée, elle roulait à trente à l'heure en priant pour que personne ne vienne se coller à son pare-chocs. Heureusement, le GPS lui indiqua chaque embranchement avec une précision chirurgicale. Et l'hiver, en milieu d'après-midi, on ne croisait personne dans cette campagne, ce n'était ni la saison des paysans, ni l'heure des travailleurs. À l'approche des côtes, la végétation recroquevillée et la terre à nu témoignaient de la violence des vents. Enfin, la voix générique du GPS annonça : « Vous êtes arrivée à destination. » Là, un mur de pierres granitiques bordait un grand portail, ouvert sur une curieuse allée, plantée d'un côté de pins maritimes, de l'autre de hêtres. Sam sentit une onde de soulagement la traverser. Elle eut l'impression nette que cet instant dans sa vie marquait une séparation entre un avant et un après.

L'éditeur l'avait appelée juste avant Noël pour lui annoncer que Johar Stern acceptait de la recevoir chez elle. Depuis, elle appréhendait la rencontre. Avant de partir, elle avait longtemps scruté les rares photos de l'autrice en circulation. À dix-huit ans, son visage poupin, à la fossette rieuse, contrastait avec son regard sombre. À vingt-cinq, ses cheveux bruns, toujours coupés à la garçonne, étaient tenus par un bandeau. À trente, une séquence en pied attestait une certaine androgynie. Enfin, sur son dernier portrait en couleurs, cadré serré, Sam avait pu constater que quelques ridules commençaient à se former au coin des yeux, lesquels étaient étrangement bleu marine. Ces détails lui rendirent son sujet d'étude humain, comme si, jusque-là, elle avait douté que Johar Stern puisse être une vraie personne. Aucune image ne datait de moins de quinze ans.

La maison en granit n'était ni haute ni massive. La façade était d'une beauté austère non dépourvue d'élégance. Sans doute le printemps ou l'été rendaient-ils cet ensemble riant, mais les silhouettes nues des grands arbres en hiver n'engageaient pas à adopter une humeur festive.

Pour avoir épluché les quarante versions de *Bermuda*, Sam était déjà familière des lieux. Elle savait qu'en pénétrant par la porte de gauche, elle se trouverait dans la cuisine, laquelle communiquerait avec la grande salle à manger, toutes deux dotées d'un poêle à bois, tandis que le grand salon, de l'autre côté de l'entrée, disposerait, lui, d'une véritable cheminée, presque toujours en activité. La disposition des chambres et des salles de bains à l'étage, surplombées par un grenier, n'était pas davantage un mystère.

Elle sonna à la porte principale, ses jambes tremblaient, les battements de son cœur s'accéléraient. Le projet de sa vie dépendait de ce moment : la première impression ; celle qu'elle donnerait d'elle-même, celle qu'elle ressentirait au contact de Stern. Elle s'était représenté la romancière en recluse vieillissante, comme une paysanne approchant de la soixantaine, cheveux gris peut-être, ou même blancs, quelques cernes ou poches sous les yeux. La solitude n'avait-elle pas aussi à voir avec l'alcool ? Les dernières photos de Patricia Highsmith, une autre de ses idoles littéraires, que le whisky avait fait passer de la belle à la bête en deux ou trois décennies, semblaient en attester.

Sam entendit des pas alertes sur des marches d'escalier et se retrouva en quelques secondes face à une femme aussi grande qu'elle, svelte, portant un pull à col roulé bleu marine à côtes irlandaises, un jean, des baskets – une silhouette juvénile en somme, surmontée d'une petite tête aux courts cheveux noirs, encadrant un visage strié de ridules mais doux, avenant, dents blanches alignées, les yeux francs, bleu nuit.

– Entrez vite vous mettre à l'abri.

La voix de Stern était chaude et bien timbrée, un peu surprenante au regard de la finesse de ses traits et de sa silhouette. Sam eut effectivement la sensation d'être « arrivée à destination ».

Plus tard, lorsqu'elle découvrit sa chambre, elle fut surprise de constater l'absence de grenier. La pièce s'élevait jusqu'au toit dans un enchevêtrement de poutres peintes en blanc. Au sol, le parquet vieilli abondamment décrit par Johar Stern dans ses romans avait été recouvert d'une épaisse moquette américaine caramel. Les stores des velux pouvaient être actionnés par une télécommande. Tout lui parut anachronique. Il ressortait des différents *Bermuda* que le temps s'était figé en 1975 avec la disparition du père. Se pouvait-il que tout cela soit faux ?

Dans le salon, Johar Stern avait servi le thé. Intimidée, Sam ne savait par quelle question commencer. Elle connaissait déjà les détails biographiques de son hôtesse : sa naissance à New York en 1967 d'une mère juive américaine et d'un père issu de la petite noblesse bretonne, Paul de Kermazec, devenu héros du cycle sternien pour avoir disparu dans le Triangle des Bermudes.

– Mon grand-père paternel a été fusillé par les Allemands. Mon père, fils unique, a grandi ici, dans cette maison, élevé par une mère seule. Comme je l'ai été. Les transmissions familiales sont des histoires de répétitions. Chez moi comme ailleurs. J'ai néanmoins rompu une tradition ancestrale.

Sam était prête à se jeter sur n'importe quelle information nouvelle.

– Quelle tradition ?

– Je suis la première Kermazec à n'avoir pas fréquenté le club de voile !

Sam fut un peu bousculée par cette boutade. Johar Stern n'avait-elle pas consacré sa vie à déplorer que son père se soit perdu en mer ? Ses yeux ultramarins pétillaient de malice. Elle enchaîna :

– La barre est terrible dans la baie d'Audierne. On dit que les enfants initiés à la voile dans cette région sont plus résistants, plus experts, plus techniques que les autres. C'est probable. Mon père s'est vite imposé dans les régates locales, puis nationales, internationales. Il a rencontré ma mère à New York, à l'arrivée d'une course transatlantique franco-américaine en solitaire. À quinze ans, il était le plus jeune participant et était arrivé second. Ma mère, âgée de treize ans, avait été choisie pour remettre les trophées, je crois que sa famille avait sponsorisé la course. Ils se sont écrit pendant dix ans avant de se revoir. Mon père était devenu architecte naval. Ma mère étudiait la littérature française. Il l'a invitée à venir parfaire son français. Ils ne se sont plus quittés. Mon père travaillait dans une grande société de fabrication de bateaux dont le siège est à Paris mais qui possédait plusieurs succursales à l'étranger. En 1966, ils se sont mariés et sont partis vivre aux États-Unis. J'ai grandi dans ma famille maternelle, avec deux cousins qui ont été pour moi comme un frère et une sœur. Mon père nous faisait naviguer, mes cousins et moi, dans la baie de Long Island. Quand nous séjournions dans les Hamptons, il nous emmenait au large, sur l'océan. Nous ne craignions pas le danger alors, le bateau presque couché sur les vagues nous enchantait.

– Pourquoi n'avez-vous jamais écrit sur votre enfance avant le drame ?

– C'est une histoire privée qui ne regarde que ma famille. Je raconte celle de la déflagration et des ondes de choc qui s'ensuivent. Un peu comme un Big Bang. Ce qui intéresse les scientifiques, c'est de revenir au choc qui a ouvert l'espace et donc le temps. Ils tentent désespérément de comprendre les premières minutes de l'univers, pour imaginer l'évolution probable. Je ne fais pas autre chose.

Sam était sidérée d'entendre, en ce lieu étranger, un discours qui lui était si familier. La physique, l'astrophysique étaient entrées dans sa vie en même temps que

Benjamin dont elle avait épousé la vision du monde et du temps. Déjà Johar Stern reprenait :

– Mais je n'ai pas de secrets. Je peux retracer, si vous le souhaitez, les étapes ayant produit mon Big Bang. À l'été 1975, mon père devait rejoindre Lorient en solitaire, depuis le port de Wilmington, en Caroline du Nord, dans le but de battre un record pour booster la commercialisation de son nouveau bateau. Ce n'était pas une épopée, ni même une grande performance, il devait être suivi tout au long de sa traversée par le staff de son entreprise. Les liaisons radio ont duré quelques jours. C'était amusant de l'entendre, mais un peu lassant pour l'enfant que j'étais, je m'ennuyais de mes cousins. Bien sûr, si j'avais connu l'issue de cette traversée, j'aurais apprécié les derniers moments où je pouvais encore entendre la voix de mon père. Alors qu'il entrait dans ce triangle symbolique qui relie Hamilton, San Juan et Miami, au sud des Bermudes, notre interlocuteur habituel nous a annoncé qu'il n'avait pu établir de liaison depuis plus de douze heures. La météo était bonne, rien ne l'expliquait. J'ai vu ma mère défaillir. Sa détresse était plus effrayante encore que la perspective d'avoir perdu mon père. Nous avons passé nos journées à tourner en rond sur les pontons du port de Wilmington. Mais plus rien ne nous parvenait du bateau, ni signal de détresse, ni rien, pas le moindre son. Je tentais de rassurer ma mère qui me rabrouait, l'attente était affreuse. Fin août, alors que nous étions toujours dans cette expectative mortifère, ma grand-mère paternelle s'est jetée du haut des rochers de la pointe du Raz. Personne n'avait pensé à son désespoir, à sa solitude face à la pire tragédie qu'une mère puisse connaître. Ce drame a déterminé ma vie. Nous sommes venues ici pour organiser les obsèques de ma grand-mère et nous ne sommes jamais rentrées chez nous. Ma mère a décrété que si mon père devait refaire surface, c'est ici qu'il reviendrait, dans la maison de son enfance. C'est pourquoi il n'était plus question de la quitter. Nous devions devenir les gardiennes du temple. À huit ans, je suis entrée dans ce rôle de sentinelle. Ce n'est pas la disparition de mon père qui a bouleversé ma vie mais la tristesse de ma mère, l'austérité de la campagne, la perte de ma fratrie. L'écriture est devenue ma seule consolation.

– Pourquoi, alors, avoir attendu dix ans pour écrire ?

– Je n'ai pas attendu dix ans, j'ai commencé dès mon premier soir d'école.

– Il existe donc d'autres versions de *Bermuda* ? Antérieures à *Bermuda I* ?

– Oui, dix autres.

Sam était abasourdie. Ainsi, il existait dix inédits, commencés à huit ans. Toute une vie y était donc consignée.

Le premier manuscrit de Johar Stern était un de ces cahiers souples des années 1970 avec au dos les tables de multiplication. La première phrase disait : « Ce matin, je me suis coupé les cheveux, toute seule, devant la glace.

Je fais le vœu que, tant que papa ne sera pas rentré à la maison, je garderai mes cheveux courts. » L'écriture à l'encre bleue était étonnamment ferme pour une si petite fille.

Toute la nuit, Sam parcourut les cahiers avec avidité. Les premiers tenaient du journal intime, factuels, quotidiens. Au fil des années, un certain sens de la fiction s'y affirmait, et avec lui une forme de plus en plus prégnante de détournement du réel. Sam pouvait percevoir désormais ce que les *Bermuda* comportaient de création, de dissociation, comment l'écriture s'était imposée comme substitut de la vie.

Le lendemain, Johar Stern précisa :

– À la maison, ma mère ne s'adressait à moi qu'en anglais. Je crois que noircir ces pages en français me permettait de me familiariser avec la langue qui devait devenir la mienne. Au début, les gens nous regardaient bizarrement. Nous étions des étrangères. Après quelques mois, ma mère est parvenue à se faire engager comme professeure d'anglais dans un collège privé, à Audierne. Elle a fait installer un studio dans le grenier pour pouvoir engager une sorte de nounou. La fille n'avait pas son permis. La plupart du temps, elle venait me chercher à l'école en Solex, ce qui faisait de moi une aventurière aux yeux de mes camarades. Ma mère a fait venir de New York un blouson et un casque d'aviateur avec des lunettes. Ça me plaisait, ça allait avec mes cheveux courts, ma manière de courir la campagne et de grimper aux arbres. Je cherchais à devenir forte pour ne pas sombrer dans la mélancolie. J'ai compris très tôt que nous devons oublier pour survivre et lutter pour ne pas laisser le passé nous envahir.

Devant l'expression perplexe de Sam, Johar reprit :

– Je sais ce que vous pensez, vous vous dites que je me suis fourvoyée car, au bout du compte, j'ai passé ma vie entière à ressasser une vieille histoire. Vous n'avez pas complètement tort. L'écriture est en suspension entre le passé qu'elle recrée sans cesse et le futur qu'elle doit anticiper pour composer un texte cohérent. C'est la seule façon que j'ai trouvée pour vivre le présent.

Un rayon de soleil vint s'oublier sur le fauteuil. Johar Stern proposa une promenade. À cette époque de l'année, la campagne était une belle endormie, grasse et paisible. Sam avait l'impression de s'être glissée entre les pages des livres. Contrairement à la maison qui avait été modernisée, la nature, elle, n'avait pas changé. Ce qu'elle voyait était conforme aux descriptions minutieuses des *Bermuda*.

– Je crois que ma mère était tombée amoureuse de cet endroit, de la douceur des vallons verdoyants, des nuances de gris dans le ciel, de la bruyère éclatante et sombre sous le soleil d'hiver, de la mer toujours changeante au bout des dunes. J'aurais préféré qu'elle l'avoue. Qu'elle abandonne cette vigilance vaine. Qu'elle reconnaisse s'être lassée de New York, de sa brutalité, de sa vitesse. Qu'elle me parle de son goût pour l'air salé et de son plaisir à pouvoir appeler chacun par son nom dans ce village. Sans doute ma perception de l'enfance aurait-elle été différente. Au lieu d'être une attente, elle aurait pu être une vie.

Sam saisissait très bien ce que Johar Stern entendait par « attente ». Elle-même avait longtemps attendu le retour de sa mère séduite par des fous. Depuis toute petite, elle anticipait l'avenir, négligeant de profiter du présent. Elle avançait dans le temps avec cette impression que les moments vécus n'étaient pas encore son *vrai* destin. À ses yeux, la *vraie* vie était sans cesse pour plus tard. Rien ne pouvait lui parler davantage que cette « attente ». Et cela, elle le comprenait enfin, était le sujet même de sa thèse.

Lorsqu'elles furent rentrées, Johar prépara un thé. Comme la veille. Et déjà Sam eut l'impression d'une habitude. Elle revint sur cette notion d'attente que nous ressentons tous à un moment ou à un autre.

– C'était l'attente d'une vie qui commencerait enfin le jour où mon père rentrerait. D'ici là, seule l'écriture faisait advenir le présent. Chaque craquement nocturne, chaque battement de volet, chaque petite bête tapie dans le recoin d'une pièce abandonnée me parlait de la réalité qui s'était enfuie de mon quotidien, tout entier tourné vers une perspective illusoire. Chaque ride qui s'insinuait sur le visage de ma mère témoignait de l'irréversibilité de notre situation, je sentais cela confusément et c'est pour cette raison que je m'y attachais. Écrire la disparition de mon père me permettait de l'ancrer dans le réel. Lorsque l'on observe les détails, chaque jour devient différent du précédent. Quand j'ai commencé à publier, l'écriture était une matière mouvante que j'avais pétrie pendant dix ans. La publication ne pouvait mettre fin à ce qui était le cœur de ma vie. Écrire *Bermuda* était la seule chose dont j'étais capable.

C'était donc cela, la réponse à la question que les journalistes n'avaient cessé de lui poser : pourquoi réécrire inlassablement cette histoire ? Parce que les détails changent et que leur observation fait advenir le temps.

Sam voyait bien que Johar Stern n'avait jamais envisagé son œuvre littéraire comme une manière de marquer le temps, qu'elle n'était pas aussi obnubilée qu'elle-même par cette question. Toutefois, Johar Stern n'était pas étrangère à une certaine nostalgie, à tout ce qui se perd, un jour, dans les méandres du temps. Le deuxième matin, devant un mug de café, elle parvint à obtenir d'elle cette sorte d'aveu :

– Bien sûr, la nostalgie est inévitable. Nos pertes mesurent le temps qui a passé. À moins que ce ne soit l'inverse. Le temps mesure mes pertes (mes parents et grands-parents, quelques amis proches), mais il mesure aussi mes accomplissements (ces quarante *Bermuda* que vous connaissez si bien, un fils, une petite-fille).

– Un fils ? Vous vous êtes mariée ?

Sam resta le stylo en l'air, bouche bée. Elle n'avait jamais envisagé Johar Stern autrement que comme le personnage éthéré, éternelle enfant blessée, de la série des *Bermuda*. La romancière ne put s'empêcher de rire en la voyant si désorientée.

– Vous êtes si conventionnelle ! Non, je ne me suis pas mariée. À dix-neuf ans, je suis rentrée à New York et m'y suis installée. Mes cousins avaient avancé sans moi, constitué une bande d'amis avides de profiter des années 1980. Après dix ans d'exil et de solitude, il me semblait renaître à la vie, la reprendre là où le sort m'avait obligée à la laisser. J'avais trop souffert de la disparition de mon père pour risquer une nouvelle déconvenue. J'ai voulu élever David, mon fils, dans une bulle de légèreté. Il m'en veut énormément. De toute façon, notre enfance ne nous sied jamais car toute enfance contient sa violence. Le seul fait d'être petit, de nous voir imposer des décisions qui nous dépassent, de devoir répondre à des ordres que nous ne comprenons pas toujours ; le seul fait de subir l'autorité d'autrui constitue une violence. Lorsqu'on a compris ça, la moitié du chemin de la guérison est accomplie. Cette révélation m'est apparue tardivement, il m'a fallu plus de trente versions de *Bermuda* pour que la lumière se fasse enfin. Personne n'est jamais vraiment satisfait de sa place dans sa fratrie. Interrogez les gens autour de vous, rares sont ceux qui ont l'impression d'être à leur place. Vous savez pourquoi ?

Sam secoua la tête.

– Parce qu'il n'y a pas de place, dit Johar. La bonne place n'existe pas. Nous devons tous l'inventer. Et cela, on ne nous le dit pas lorsque nous sommes petits. Autour de nous, les adultes agissent comme si tout était normal, mais rien n'est normal, pas même le fait de naître et de vivre. C'est une telle exception dans l'univers ! Et comparé à l'infini du temps : un point minuscule, un miracle, une merveille !

Sam comprenait. Il lui était aussi arrivé de ressentir brièvement cet émerveillement absolu d'être en vie, à la faveur d'un rayon de soleil, d'un sourire ou d'une caresse.

– Et votre fils ? Qu'est-il devenu ?

– Il est furieux contre moi, joue du piano dans des clubs de jazz de New York et a donné vie à Alice. Tout n'est qu'un éternel recommencement, comme on dit.

Ainsi, pendant tout ce temps, alors que paraissaient les *Bermuda* qui semblaient la fixer pour l'éternité dans cette Bretagne austère, Johar Stern vivait loin de la France. Pourquoi alors s'être obstinée à publier ? Qu'en avait pensé sa mère ?

– Ma mère n'a presque pas réagi après la première publication. « Ah, il n'est pas gai, ton livre », s'est-elle contentée de remarquer lorsque je lui ai rendu visite à Noël. Je n'avais pas de projet particulier concernant

Bermuda. À aucun moment je ne me suis dit que les versions ultérieures porteraient les signes extérieurs de mon vieillissement intérieur. Je ne pouvais tout simplement pas vivre sans réécrire sans cesse *Bermuda*. Il est possible que j'aie écrit tout cela contre elle, pour donner à ma vision de l'événement l'ascendant sur la sienne, sur sa douleur également, qui avait pris toute la place dans notre vie commune. Avec ces publications, je m'assurais de la permanence de ma mémoire, de la suprématie de mon chagrin. Comme j'étais naïve ! J'ai cru de mon devoir de lutter contre ma mère, contre le mal-être qu'elle m'avait imposé malgré moi. Mais lorsqu'elle est morte à son tour, il y a sept ans, j'ai compris que sa présence, ou tout simplement son existence, m'avait protégée. Elle portait mon père en elle, un père invisible mais présent, et représentait à mes yeux l'entité « parents ». Au fond, tant qu'elle était vivante, atteignable, tant que je pouvais lui rendre visite, la toucher, l'embrasser, je ne me sentais pas seule en ce monde. J'avais été désignée comme orpheline très tôt dans ma vie, mais malgré mes récits obsessionnels, je n'en avais jamais ressenti profondément les effets. Ma mère et sa tristesse me tenaient lieu de parents. À sa mort, je suis devenue une véritable orpheline. Il me semble qu'une partie d'elle est entrée en moi. Je me suis mise à voir beaucoup de choses à travers ses yeux. Là-haut, un dressing est plein de ses vêtements et de ceux de mon père, car elle pensait qu'il reviendrait. J'ai gardé son chat, pleuré son chien lorsqu'il est mort l'an dernier. Ma mère m'était si familière que sa mémoire est devenue mienne. Ainsi, je me souviens d'événements des années 1950 ou 1960 comme si je les avais vécus. Je porte désormais ma mère, comme elle a porté mon père après sa disparition. C'est lourd. Le temps n'apaise pas grand-chose car, pour la mémoire, le temps n'existe pas. Certains événements de la semaine passée sont déjà oubliés, ils paraissent si loin lorsque je tente de les faire remonter à la surface. À l'inverse, je revois mes parents comme si je les avais quittés hier.

« Lorsque les cendres de ma mère ont été dispersées ici, autour de la maison, je n'ai pas pu repartir. J'ai fait supprimer le grenier, repeint la plupart des pièces moi-même, défriché la lande l'hiver, planté au printemps et à l'automne de nouveaux arbres, de nouvelles plantes ornementales ou comestibles, nagé chaque jour dans la baie, de la mi-mars à la mi-octobre – je ne crains plus les houles, je me suis fondue dans la nature, sur terre comme dans la mer. L'été, je m'installe sur la terrasse et je les revois tous, ma grand-mère, mon père, ma mère, riant, buvant, mangeant. Il me semble être une rescapée, l'unique témoin d'un temps révolu. Je donnerais tout ce qu'il me reste à vivre pour les voir apparaître de nouveau, leur raconter ce qu'a été notre vie sans eux, puis ma vie, seule, avec leur mémoire. J'ai oublié d'oublier, j'ai perdu de vue ma sagesse d'enfant qui savait que sa survie dépendait de sa capacité d'oubli.

« Aujourd'hui, je suis un morceau de ce paysage. C'est

curieux pour moi d'y recevoir une étrangère. Mais vous n'êtes pas tout à fait une étrangère, vous connaissez ma vie d'écriture mieux que moi-même, je suis heureuse de vous confier le reste. Peut-être n'avez-vous pas encore saisi à quel point votre thèse pourrait devenir une charge.

Sam n'avait pas envisagé les choses ainsi. Mais, à la réflexion, c'était une évidence. En s'appropriant les quarante versions de *Bermuda*, elle prenait à son compte les souvenirs de Johar Stern. Sam était en train d'avaler la mémoire de Johar Stern comme celle-ci avait avalé celle de sa mère. Et elle savait qu'elle ne s'en débarrasserait jamais.

Le troisième jour, Johar Stern offrit à Sam les mots que personne n'avait jamais su prononcer pour elle.

– Le temps nous dévore au point de nous forcer à renoncer à l'idée même de réparation. Tout enfant blessé pense que, tôt ou tard, il sera dédommagé des torts qu'il a subis. Plus grande a été sa perte, plus grande sera la réparation. La sagesse, l'expérience, appelez ça comme vous voulez, est de comprendre qu'aucune réparation n'est possible. C'est la fin de cet espoir qui nous portait naïvement vers un avenir que nous anticipions meilleur. J'ai cru, par exemple, qu'en offrant à mon fils la légèreté, son enfance serait joyeuse, que son « bonheur » réparerait mon affliction. Il n'en a rien été, bien sûr. Au contraire, il n'est pas armé pour l'adversité et ne cesse de se plaindre des coups du sort. On ne répare jamais rien.

Des larmes montèrent aux yeux de Sam. Johar Stern comprit qu'elle avait touché un point sensible et détourna la conversation vers un sujet plus théorique.

– À quel concept philosophique allez-vous donc me relier ?

– La flèche du temps ne peut être perçue que si des changements s'opèrent. C'est ce que soutient Bergson quand il dit que la qualité du temps n'est jamais la même, qu'elle est une hétérogénéité pure.

Johar Stern sourit et dit :

– Nous connaissons tous cette maxime d'Héraclite : « On ne se baigne jamais deux fois dans le même fleuve. » C'est cette même idée, n'est-ce pas ?

– Oui. La phrase d'Héraclite, en comparant le temps au fleuve, a eu pour conséquence de favoriser les images parlant d'écoulement du temps.

– Vous allez me dire que c'est inexact.

– Oui, bien sûr. Pour qu'il y ait écoulement, il faut qu'il y ait un point de comparaison, une rive qui demeure immobile. Si le temps s'écoule, dans quoi s'écoule-t-il ? De même, parler de vitesse d'écoulement du temps n'a aucun sens en philosophie.

– Le passage du temps, l'angoisse qu'il génère pour nous, pauvres humains, est sans doute un concept plus psychologique que philosophique, reconnut Johar Stern. Du reste, ma perception de la vie est assez peu philosophique. Il m'arrive fréquemment d'être saisie par l'effroi d'être en vie.

– Hier, vous parliez de l'émerveillement d'être en vie.

– Les deux sont vrais. La plupart du temps, ces sensations se succèdent. L'émerveillement est principalement lié au jour et l'effroi à la nuit. Plus l'avenir devient du passé, plus la nuit fait surgir l'angoisse, le souvenir de toutes ces personnes qui nous ont marqués, aimés, épaulés et ont sombré dans les limbes, la peur de la disparition possible de ceux que nous aimons, celle de notre disparition future qui devient de plus en plus concrète. La nuit, aucun philosophe, aucun écrivain, pas même Proust, ne pourrait nous faire croire que le temps est une illusion.

– Je connais aussi l'effroi de la nuit, avoua Sam.

– Heureusement, le matin revient chaque jour, reprit Johar avec calme. Regarder le soleil se lever est un enchantement. Alors, tout redevient possible. C'est aussi vrai avec les saisons, l'hiver, comme la nuit, est propice à l'effroi, l'été au sourire. Éventuellement, il peut arriver que les deux sensations se télescopent car nous savons que la vie est une effroyable merveille. Mais pourquoi cette obsession du temps alors que vous êtes si jeune ?

– Il n'y a pas d'âge pour être obsédé par le temps. Enfant, vous l'étiez déjà.

– Oui, mais j'avais quelques raisons objectives pour vouloir rembobiner le temps. Quelles sont les vôtres ?

Sam hésita, incertaine de vouloir ouvrir sa boîte de Pandore.

– Ma mère m'a abandonnée lorsque j'avais quatre ans, j'ai été élevée par ma grand-mère. Mon père est un homme qui a eu la chance de savoir vivre dans le présent. Il a eu raison car il est décédé assez jeune. J'ai grandi entre deux monstres : celui du passé qui avait avalé ma mère, celui du futur qui me prendra ma grand-mère. Je crains constamment de la perdre.

Stern hocha la tête.

– Je comprends pourquoi mes obsessions vous sont familières. Nous pouvons chercher ensemble comment apprivoiser le temps afin de ne plus le redouter. Pour ma part, je n'ai que l'écriture à vous proposer. J'ai cru que la maternité pouvait apaiser l'angoisse du temps qui passe. C'est en partie vrai, car regarder un enfant grandir n'est jamais du temps perdu. Mais c'est encore une illusion, un apaisement momentané, car l'enfant vous échappe et vous renvoie à vos démons premiers. Envisagez-vous d'avoir des enfants ?

Cette question que personne n'avait jamais posée à Sam, tout du moins de cette manière, profonde, métaphysique, directe, la déconcerta. La plupart du temps, elle se sentait agressée par ses sous-entendus : quand allait-elle répondre aux injonctions de la société, remplir son rôle de femme ? Ne savait-elle pas que le temps passait et que l'horloge biologique avait déjà bien tourné ?

– Je ne sais pas. J'ai pourtant trouvé l'homme avec lequel j'aimerais passer la totalité de mon existence. Nous nous connaissons depuis plus de dix ans, je sais ses qualités, ses défauts. Bien sûr, il serait légitime que nous nous posions la question. Du reste, tout le monde se la pose à notre place. Je sais que ce serait un grand bonheur pour ma grand-mère, de savoir que j'accepte de passer le relais, que j'ai surmonté la douleur de la relation maternelle déchirée. C'était déjà énorme que j'accepte de me charger d'un chat. C'était le rejeton de la chatte d'une des amies de ma grand-mère, elle me l'a littéralement mis dans les mains. Difficile de refuser, d'autant que Benjamin s'en est immédiatement amusé. Le chat de Schrödinger, a-t-il dit pour plaisanter. Et ça lui est resté : Schrödinger. Le chat à la fois mort et vivant. Cet incompréhensible paradoxe. Le chat met déjà assez de vie dans notre appartement. Les enfants, nous n'en parlons jamais. Benjamin est passionné par son travail, il est physicien et espère découvrir une théorie du tout. Rien que ça. C'est d'ailleurs l'objectif de la plupart des physiciens d'aujourd'hui. Ils cherchent un modèle unique, une belle équation qui expliquerait la totalité de l'univers, de l'infiniment petit à l'infiniment grand.

– La fameuse théorie du tout les obsède tous, depuis Empédocle ou Aristote jusqu'aux physiciens quantiques. Ce qu'est sans doute votre compagnon, si j'en crois le nom de votre chat.

– Oui. Son meilleur ami de fac est devenu astrophysicien. Pour Cédric, les théories d'Einstein sont suffisantes. La théorie de la relativité générale explique suffisamment bien ce qu'il observe dans l'univers. Mais les lois d'Einstein ne fonctionnent pas dans l'infiniment petit. C'est pourquoi les physiciens quantiques comme Benjamin travaillent sur les cordes et notamment sur la théorie M, qui pourrait prétendre à devenir la fameuse théorie du tout. Les physiciens passent leur vie à discuter de ça !

Sam sourit, heureuse. Rarement elle s'était sentie aussi à sa place que dans cette maison, auprès de cette romancière qu'elle lisait depuis qu'elle avait quinze ans, avec laquelle elle avait donc passé presque la moitié de sa vie. Il lui sembla que ces moments donnaient un sens à tout ce qu'elle avait vécu depuis sa naissance. Johar Stern savait poser les mots sur ces sentiments intimes.

– Les livres publiés sont comme des bouteilles à la mer. On ne sait jamais qui va s'en saisir, dit la romancière.

– Vous avez eu beaucoup de bonnes surprises ?

– Quelques-unes, tout du moins l'ai-je cru lorsque j'étais très jeune. Je suis revenue de cet optimisme. Il m'est surtout arrivé de penser, avec découragement, que tout cela était vain. Mais quoi qu'il en soit, je ne peux faire autrement, ne plus écrire serait comme cesser de respirer. Et puis, le miracle arrive.

– Ah oui ? demanda Sam les yeux brillants.

– Mais oui, il suffit d'une personne, une seule, qui décide de prendre l'œuvre dans sa totalité, comme un amoureux qui accepterait d'embrasser tous nos aspects, bons ou mauvais. Il suffit d'une seule personne qui prenne l'ensemble comme s'il s'agissait d'une seule bouteille, et plus rien n'aura été vain.

– Et vous l'avez trouvée ?

– N'êtes-vous pas là, ici même, auprès de moi dans le but de vous saisir de tout ce fatras de quarante années de *Bermuda* ?

L'avant-dernier jour, Johar conduisit Sam à Penmarc'h. Elles marchèrent longtemps sur la plage immense et déserte, sous une bruine légère qui cessait par moments pour laisser s'entrouvrir le ciel et découvrir un rayon de lumière pâle et pourtant éblouissant. Lorsque la pluie s'intensifia, Johar invita Sam dans un pub d'Audierne. La nuit commençait à tomber. Johar ne buvait pas d'alcool, elle se contenta d'un café surmonté de chantilly. Sam sentit la chaleur du whisky de l'irish coffee échauffer son esprit. Elle était exaltée par l'intensité de ces derniers jours, triste de s'arracher à cette vie austère et belle à laquelle elle aurait pu s'habituer. Elle comprenait désormais ce qu'une citadine, une New-Yorkaise comme Johar Stern, pouvait ressentir dans cette solitude absolue, l'écrin parfait pour l'éclosion de la pensée. Sam tenta de retenir chaque détail du visage de Stern, chaque ridule autour des yeux, de sa bouche, le grain de sa peau, le bleu-noir changeant de ses yeux, le jeu de ses mains fines aux ongles courts, la tessiture de sa voix, et il lui parut extraordinaire d'être parvenue à ce degré d'intimité avec un personnage de papier, ce que Stern avait été pour elle jusque-là. Ainsi, S. existait vraiment, elle l'avait rencontrée et rien en elle ne l'avait déçue. S. était comme elle l'avait imaginée, calme, profonde, réservée, attentionnée. Rien de vulgaire, rien d'ordinaire, rien qui puisse ternir l'image qu'elle s'en était faite.

Alors ? demanderait Benjamin, le lendemain soir, lorsqu'elle rentrerait à la maison.

Elle répondrait : « J'ai saisi une bouteille qui avait été jetée à la mer, et j'y ai trouvé un trésor. »

Éternité

Nous, hors des passions, hors des corps, hors des consciences, n'avons que faire de vos obsessions. Lorsque *Je* est retourné au magma du *Nous*, immuable, immobile, immatériel, immoral, immanent, il n'est plus ni temps ni espace. Seule l'énergie des *Uns*, revenue au *Tout*, nous donne encore une existence. *Un* est *tout*, *tout* est *un*. Elle est là, l'éternité.

Être ou ne pas être de son temps

Cambridge, 1693

Du jour où la sage-femme l'avait instruite, Niki craignit plus que tout d'être découverte. En échange de sa générosité, la vieille femme lui avait donné des bandelettes destinées à aplatir sa poitrine. Elle cessa de dormir au vu de tous dans la chaleur des fourneaux et réintégra le froid de sa chambre vide, entre celle de James et celle de Humphrey.

La notoriété de Newton avait été considérablement accrue par la publication des *Principia*. Il se rendait à Londres de plus en plus souvent, et y demeurait de plus en plus longtemps. Ce n'était pas une vie qui plaisait à Humphrey, qui aspirait au travail tranquille et aux marches dans la campagne. Il finit par quitter le service de Newton et fut remplacé par un étudiant de Cambridge dont Nicola devait se méfier. Ce bougre-là ne l'avait pas connue enfant, son regard neuf pouvait déceler ce qu'elle cherchait à cacher. Elle était vexée, par ailleurs, que le travail de secrétaire ne lui ait pas été proposé. Lors de la vacance précédente, ses connaissances étaient insuffisantes, de même que sa maîtrise de l'écriture, des langues anciennes ou des symboles, mais à présent, elle ne voyait pas en quoi elle déméritait en comparaison de ce jeune homme qui peinait sur la plupart des notions de philosophie naturelle.

– Tu aurais certainement eu la compétence pour ce travail, mais tu vas devoir me quitter, toi aussi, *little fellow*, avoua le maître lorsqu'elle lui confia son désarroi.

– Mais non ! Je ne veux pas.

– Tu sais bien que ta présence ici sera bientôt impossible. J'ai fait ce que j'ai pu. Je suis certain que Humphrey n'y a vu que du feu. James, je n'en jurerais pas, mais sa loyauté est totale, il ne te nuira jamais. Il s'est attaché à toi. Moi aussi, n'en doute pas. D'ailleurs nous ne serons pas séparés très longtemps, *little fellow*. Je compte, tôt au tard, m'installer à Londres. Là-bas, il ne sera pas inconvenant que tu redeviennes ce que tu es, c'est-à-dire mon assistante. Lorsque Humphrey est venu s'installer avec nous et que je l'ai déclaré à la direction de Trinity, j'en ai profité pour te déclarer aussi, sous le même nom. Tu vois, tu te nommes Newton, *little fellow*, Nicolas Newton. Dès à présent, je vais t'envoyer à Londres, tu travailleras pour un de mes confrères. Dans quelque temps, nous nous retrouverons.

Nicola commença par manifester sa reconnaissance à

son bienfaiteur qui venait de lui offrir son nom. Puis elle le supplia tant, qu'il accepta de surseoir à cette séparation. Avec sa poitrine plate, sa perruque, ses jabots et ses culottes, bien malin qui aurait pu la distinguer de n'importe quel jeune aristocrate. Du reste, la plupart des gens qui se retrouvaient en sa présence baissaient le regard tant ses yeux presque translucides les mettaient mal à l'aise. Ce sursis fut l'avant-dernier des éléments du hasard qui façonnèrent le destin de Nicola. L'ultime, décisif, fut la tentation de Newton, un soir, de tester une nouvelle combinaison de métaux gazéifiés.

La journée durant laquelle Niki habita pour la dernière fois cette fin de XVIIe siècle lui paraîtrait, par la suite, avoir condensé toutes les autres, tous les déjeuners du monde, tous les ragoûts de mouton, toutes les carottes cuites, et puis toutes les lectures, les conversations anodines avec James, toutes les expériences, tous les feux allumés, toutes les discussions avec Isaac, même si, à l'évidence, elles n'avaient pas été tenues ce jour-là, toutes les propriétés de l'espace-temps, telles qu'envisagées par Isaac, la datation, la chronologie, la simultanéité, la causalité, la durée, la continuité, toutes ces choses qui, après avoir volé en éclats, continueraient de la hanter. En revanche, elle serait incapable de se souvenir des derniers instants, hormis du bruit assourdissant de l'explosion qui la souleva du sol et la projeta à travers la pièce et sans doute beaucoup plus loin, puisque, lorsqu'elle s'éveilla, elle se trouvait, désormais, les mains enfoncées dans la terre et le nez dans l'herbe…

La lumière du jour, aveuglante, lui parut inopportune, ne faisait-il pas nuit, quelques secondes plus tôt ? Le soleil la surprit, il avait fait si mauvais les jours précédents. Elle tenta de se redresser en s'appuyant sur les mains, son corps était endolori. A posteriori, le choc la fit trembler, était-elle encore entière ? Sans doute, conclut-elle en tâtant ses quatre membres. Elle se leva, fit quelques pas. Elle n'avait rien de cassé, aucune tache de sang, ni sur elle, ni au sol, un vrai miracle. Au loin, le bâtiment majestueux de Trinity College lui sembla un peu étrange mais elle aurait été incapable d'en donner la raison. En revanche, le jardin de Newton, le laboratoire, ces lieux familiers semblaient s'être évanouis, sans pour autant laisser dans leur sillage leurs restes calcinés. Debout, les yeux perdus dans le vague, elle peinait à se remémorer l'enchaînement des derniers faits, lorsqu'un homme vêtu très étrangement et ne portant pas de perruque apparut dans le soleil. Il marchait vers elle, ou vers la sortie, ce qui revenait au même. Arrivé à sa hauteur, il s'arrêta :

– Avez-vous besoin d'aide ? lui demanda-t-il avec un léger accent.

Ses yeux de glace se posèrent sur le jeune homme avenant, souriant.

– Je ne sais pas, répondit-elle.

C'était la réponse la plus honnête qu'elle pouvait lui faire.

Le temps est indissociable de l'espace

Paris, 2025

Que les notions de temps et d'espace puissent être liées est totalement contre-intuitif. Depuis notre plus jeune âge, nous pensons que le temps s'écoule, quoi qu'il arrive, même s'il n'arrive rien. Pourtant, nous devons admettre que le temps est créé par le mouvement. En l'absence totale du moindre mouvement dans l'univers, le temps n'existerait plus. L'espace est ainsi indispensable à l'existence du temps. Récemment, des scientifiques ont démontré que, dans un trou noir, le temps devient de l'espace, l'espace devient du temps. C'est pourquoi, si nous étions capables de maîtriser les trous noirs, de les traverser, nous deviendrions capables de voyager dans le temps.

Au départ, l'histoire de Sam et de Benjamin n'avait aucune raison d'être soumise à la loi des trous noirs. Ils s'étaient rencontrés, un jour ensoleillé, à la terrasse d'un café, place de la Sorbonne. Benjamin buvait une bière avec Cédric, son meilleur ami et ancien compagnon de fac. Sam avait à peine plus de vingt ans, eux bien davantage. Ils étaient déjà thésards. Cédric était astrophysicien, rattaché à l'Observatoire de Paris. Quelques années plus tard, il travaillerait en laboratoire. Son travail consisterait, entre autres, à miniaturiser temps et espace au point de pouvoir reproduire, de façon expérimentale, l'équivalent d'un mini-Big Bang. Et son rôle dans le déroulé de cette histoire serait crucial. À cette époque, Benjamin, physicien, consacrait déjà sa vie à la théorie des cordes. Étudiante en philosophie, Sam s'était lancée dans l'écriture d'un mémoire sur le passage du temps. En toute logique, elle aurait dû se rapprocher de Cédric, si soucieux d'espace-temps. Philosophie et science se seraient ainsi complétées à travers eux. Mais, l'amour ne suivant aucune logique, elle avait finalement succombé aux avances de Benjamin et de son infiniment petit, laissant Cédric et son infiniment grand à des débats plus occasionnels.

Plus tard, dans un futur qui, lorsqu'il adviendrait, serait déjà du passé du point de vue de Benjamin, Sam se dirait que la cascade d'événements ayant conduit à leur si curieuse situation trouvait peut-être sa source dans cette soirée en apparence anodine : le dîner d'un jeune couple avec un ami familier ou, comme aimait à le formuler Benjamin : « l'accrétion de deux garçons, d'une fille, d'une bouteille de champagne et de quelques plats venus de chez le traiteur italien de la rue Saint-Jacques ».

Cédric s'était présenté de bonne heure, il sortait d'un rendez-vous à l'Observatoire de Paris, il pleuvait, il n'avait pas de temps à perdre car, le lendemain, il devait diriger une série d'expérimentations au laboratoire du Commissariat à l'énergie atomique de Saclay, à Gif-sur-Yvette. Le dispositif était toujours à peu près le même. Dans l'immense salle des machines, Cédric lancerait son faisceau laser d'une puissance colossale sur une cible minuscule. La décharge d'énergie serait capable de reproduire en modèle réduit un parfait Big Bang.

Ce soir-là, Benjamin avait multiplié les plaisanteries. « Imagine que ton explosion donne naissance à un trou noir. » Cette hypothèse était envisageable et, pourquoi pas, souhaitable : toute observation était bonne à prendre. Cédric avait tout de même reconnu que « l'accident de trou noir » était la hantise des astrophysiciens, car alors, qu'est-ce qui, dans le laboratoire, serait absorbé et dans quel état l'objet (ou pire, le sujet) était-il susceptible d'en ressortir ?

Dans leur salon aux murs encombrés de livres, de posters encadrés de noir rescapés de leur adolescence, de coussins colorés masquant les brûlures des cigarettes et autres taches sur le vieux canapé en velours, les lumières indirectes, d'un jaune presque orangé, projetaient leurs silhouettes sur les stores de bois blond. Schrödinger frotta sa fourrure ivoire contre les jambes du visiteur, tentant d'attirer son attention. Sam n'aurait jamais dû se souvenir à ce point des détails de cette scène. Des dîners avec Cédric, il y en avait eu des centaines. Mais le travail de la mémoire est curieux, lorsqu'un événement marquant surgit, tous ceux qui se sont produits simultanément, ou presque, se fixent de manière indélébile sur le film du souvenir.

Les cheveux blond filasse de Benjamin disciplinés par le gel, ceux bruns et bouclés de Cédric, leurs rires complices, leurs blagues incompréhensibles pour tous les non-spécialistes en physique nucléaire, la douce chaleur qui enveloppait Sam dans la pénombre de cet appartement familier, les images en pointillés, tout cela sauterait dans sa mémoire comme la bande d'un vieux film sortant d'un projecteur. Ils se sentaient proches, presque en communion. Même Schrödinger avait fini par trouver refuge dans les bras de Sam et ronronnait béatement.

La journée du lendemain les séparerait. Tandis que Cédric procéderait à son énième expérimentation de fission des particules, Benjamin se rendrait à Cambridge pour intervenir dans un colloque consacré au graal des chercheurs : la théorie M, fameuse théorie du tout, en onze dimensions. Sam, elle, avait promis à sa grand-mère de venir lui faire des crêpes pour la Chandeleur. Elle en profiterait pour lui raconter son séjour breton, sa rencontre avec Johar Stern.

Il arrive ainsi qu'une seule journée puisse être racontée par différents protagonistes qui chacun lui attribue, pour des raisons différentes mais non moins importantes, une valeur particulière. Celle du 2 février 2025 serait de celles-là, de ces simultanéités qui rendent le temps opaque et complexe.

Le temps d'une vie,
est-ce court, est-ce suffisant ?

Paris, 2 février 2025

Dans cet appartement de la rue de Rennes, le temps s'était figé. Pour rien au monde, Mamouchka ne se serait permis de bouger les objets composant l'univers de la chambre rose, depuis les peluches sur la couette en patchwork jusqu'aux papiers posés sur le bureau, en passant par les vêtements pendus dans le placard aux portes coulissantes. Sam avait déserté les lieux depuis près de neuf ans désormais et tout semblait dormir dans l'attente du baiser du soir. Lorsqu'elle était en visite, Sam préférait s'approprier la cuisine pour concocter des petits plats à celle qui l'avait si bien nourrie pendant tant d'années. Parfois, elle paressait au salon ou s'installait devant le grand Pleyel qui s'était révélé être, au fil du temps, le meilleur compagnon de sa grand-mère. Toutes deux aimaient jouer à quatre mains ou discuter autour d'une tasse de thé et de petits gâteaux.

– Alors, cette rencontre ? demanda Mamouchka qui n'avait jamais vraiment compris l'engouement de sa petite-fille pour l'œuvre confidentielle de Johar Stern, qu'elle considérait comme mortifère. Je vois à ton grand sourire que tu n'as pas été déçue.

– Bien au contraire ! Je comprends enfin le sens de mon acharnement, comme si une chose, demeurée inconsciente, venait de faire surface.

Mamouchka n'avait guère besoin de demander quelle était cette chose. Elle savait depuis toujours que le vide laissé par sa mère avait créé chez la petite Sam une béance impossible à combler. Une grand-mère, si aimante soit-elle, n'est pas une mère. En apparence, Sam n'avait manqué de rien, ni de stabilité, ni d'amour, ni d'aventure. Mamouchka était encore jeune lorsque Sam était née. Elle enseignait alors la littérature russe à l'université. Son fils venait de s'établir comme médecin généraliste tandis que sa fille cadette entrait à l'institut Pasteur pour contribuer à la recherche sur le sida.

La culture scientifique faisant partie de l'ADN de cette famille, Mamouchka n'avait pas été surprise de l'entrée de Benjamin dans la vie de Sam. En son temps, elle-même avait épousé un physicien.

Même si Mamouchka ressemblait désormais à une mamie au joli sourire et à la peau douce, elle avait été une maîtresse femme. Depuis Sam, elle avait eu d'autres petits-enfants. Mais aucun n'avait pris la place de Sam dans son cœur. Pour cette petite-fille tombée du ciel, elle avait mis sa fin de carrière en sourdine. Elle avait tiré des enseignements des erreurs, des impatiences, des exigences qu'elle avait manifestées avec ses propres enfants. Elle avait appris que la vie n'est pas un sprint, mais une course de fond à dérouler sur de nombreuses années, presque une promenade qu'il faudrait faire en sifflotant, l'air de rien, avec l'élégance d'une libellule appréciant de haut les nénuphars sur l'étang. Elle aurait aimé voir Sam se marier et avoir des enfants, cela aurait été le signe qu'elle lui avait transmis ce désir de vie si important. Un chat ne pouvait éternellement lui tenir lieu de bébé. Elle s'inquiétait de son entêtement à vouer son existence à l'obsession malsaine d'une romancière en mal de père. Déjà, le choix de la philosophie l'avait fait trembler. Sam avait-elle donc un tel besoin de trouver du sens à sa vie ? Il existait de nombreuses branches dans la philosophie : les sciences, la politique, l'écologie, etc., alors pourquoi la métaphysique, pourquoi le temps ?

Mamouchka avait dépassé les quatre-vingts ans depuis un certain nombre d'années. Elle sentait la fatigue de son âge, mais aussi une forme de complétude, de joie sereine, celle d'une vie plutôt réussie malgré les épreuves. Sa seule crainte : Sam saurait-elle se débrouiller dans la vie et œuvrer pour son propre bonheur ? Partir en laissant l'ordre et la paix derrière elle, tel était son souhait le plus profond.

Elle regarda sa petite-fille fouetter sa pâte à crêpes et se revit à l'époque où, jeune épousée, elle pensait que faire soi-même ses confitures était une des manifestations de l'accomplissement de la femme. Elle se tenait alors debout devant sa marmite de framboises écrasées, enceinte de Serge, tandis que Natacha (qui deviendrait la mère de Sam) tapait avec sa cuillère sur la tablette de sa chaise haute. Ce moment d'un classicisme absolu l'avait gonflée d'orgueil, comme si cette confiture valait réparation de tout ce qui avait précédé. Elle aussi, la fille d'immigrés russes à l'enfance pauvre et laborieuse, était apte à une vie bourgeoise.

Sam n'attribuait pas à ce moment domestique – préparer les crêpes promises pour la Chandeleur – de valeur symbolique. Elle appartenait à cette génération qui ne néglige aucun aspect de la vie humaine : le corps et l'esprit, le travail et le loisir, le monde et le foyer.

– La première est toujours ratée, dit Sam en récupérant un petit tas de pâte dans sa poêle.

– Tu n'as pas assez laissé reposer la pâte, remarqua Mamouchka.

– Tu crois ? Non, tu vas voir, elles seront de mieux en mieux.

C'était vrai, la deuxième avait déjà l'aspect d'une crêpe, la troisième était relativement fine et la quatrième, parfaite.

– Tu en veux une chaude tout de suite ? proposa Sam.

– Si tu insistes… Celles qu'on a l'impression de voler sont les meilleures.

– Quelle mentalité ! Tu en fais une généralité ?

– Pas forcément, quoique cela fasse partie de la nature humaine de vouloir ce qui n'est pas acquis, ce qui appartient à autrui ou ce qui est pour plus tard.

– Je sais bien, soupira Sam, les hommes préfèrent les femmes déjà en couple, les patrons les employés déjà engagés et tout le monde lorgne sur l'assiette du voisin !

– Ah oui ? Ton homme regarde les femmes mariées ?

– Non, je ne crois pas, mais les hommes me regardent encore plus lorsque je suis avec lui. Les gens de la maison d'édition où j'avais posé ma candidature ont fini par vouloir de moi quand ils ont appris que j'avais désormais un poste de maître de conférences à la fac. Comme si la vie se plaisait à t'offrir ce que tu souhaites lorsque tu n'en as plus besoin.

– C'est un constat un peu amer, glissa Mamouchka. Je dirais plutôt qu'une certaine nonchalance est plus attirante qu'un désir éperdu, lequel a toujours tendance à effrayer. C'est une constante. Les repus font moins peur que les affamés. Ça va toujours bien avec Benjamin ?

– Mais oui, pourquoi ? Il est à Londres pour quelques jours. Il a une réunion prévue à la Royal Academy et une conférence à Trinity College.

– Vous vivez toujours un peu comme des étudiants mais vous avancez en âge…

– Mamouchka ! protesta Sam sur un ton sévère. Benjamin n'a pas quarante ans et moi à peine trente-trois. Tu ne crois pas que nous pouvons attendre avant de nous encroûter ?

– Vous encroûter ! Comme tu y vas ! Je le reconnais, tu as encore du temps devant toi. C'est moi qui n'en ai plus beaucoup. Mais ça ne me fait pas peur. Avec l'âge, le temps a perdu de son importance. La vie a pris le dessus. En quelque sorte, le temps s'est dilué dans la vie. Plus on est vieux, mieux on profite de chaque instant, car chaque instant est un moment de vie. Comme celui-ci : ce simple bonheur de te regarder faire des crêpes.

Sam accusa le coup. La crêpe retomba à moitié à côté de la poêle. Elle n'ignorait pas que l'espérance de vie de sa grand-mère s'amenuisait d'année en année. Depuis qu'elle avait quitté cet appartement haussmannien de la rue de Rennes, à la décoration vieillotte, et ne la voyait plus quotidiennement, ses peurs avaient redoublé. Sam l'appelait tous les jours afin de s'assurer que tout allait bien. Pourtant, tout au fond d'elle, elle ne parvenait pas à *sentir* que cette routine pouvait avoir une fin. Entre savoir et ressentir, la marge est considérable. « Je sais que la mort arrivera un jour » n'est pas la même chose que « Je sens la mort arriver ». Ces deux phrases recouvrent des réalités totalement différentes. Car, en vérité, qui n'a pas senti la mort ne sait rien d'elle.

Ce jour-là, Mamouchka semblait déterminée à évoquer cette finitude. Sam y vit l'influence de son enthousiasme pour son sujet de thèse sur le passage du temps et les quarante versions de *Bermuda*, dont elle venait de rebattre les oreilles de sa grand-mère pendant une heure. Plus tard, elle comprendrait que Mamouchka avait, comme toujours, cherché à la protéger en la préparant à la suite.

– Vous vendrez sûrement cet appartement, dit Mamouchka, il est familial et classique mais il peut aussi être divisé en deux ou même en trois. À l'époque, les familles prenaient leurs aises.

– Je n'aime pas que tu parles de ça, bougonna Sam. Et puis, je ne suis pas concernée, ce sera à Serge et à Sophie de prendre les décisions.

– Ma succession sera divisée en quatre parts égales, mon petit, et ne t'avise pas de renoncer à la tienne.

– Eh bien, nous verrons à ce moment-là. Je te vois bien devenir centenaire.

– Nous ne sommes pas maîtres de nos destins, mon petit chat. Il vaut mieux prévoir, et moi, je te dis que mon testament te donnera droit à un quart de mes biens. Tu ne seras pas au même rang que tes cousins, mais bien au rang de mes enfants. Et j'y tiens. Promets-moi que tu n'abandonneras rien des droits que je t'octroie ?

– Je te le promets, Mamouchka, dit Sam à contrecœur.

– Natacha, ta mère, a fait son choix. Serge et Sophie ont des vies déjà tracées. La tienne risque d'être plus difficile, tu auras besoin un jour de cet héritage. Fais-moi confiance, je sens ces choses-là. Tu ne pourras pas toujours vivre détachée du monde matériel. Même si tu as eu de la chance de ne pas avoir à t'en préoccuper jusqu'ici. Tu sais, les hommes ne durent pas toute la vie et ton appartement actuel pourrait devenir petit si jamais tu avais des enfants.

– Décidément, tu ne lâches jamais rien ! Tu sais, même avec des enfants, j'y serais bien, j'ai deux vraies chambres et un grand séjour. Franchement, je n'aspire pas à plus grand, j'ai horreur du ménage !

– Tu m'as promis d'accepter ce que je prévois pour toi !

– Oui, ne t'inquiète pas. Mais dis-moi plutôt que tu as encore envie de vivre de nouvelles aventures.

– Oui, mon petit, j'ai beaucoup d'envies – et notamment celle de manger tes crêpes, qui ont l'air délicieuses. Il faut néanmoins que tu comprennes que la vie est suffisamment longue.

– Je le sais, c'est le mantra de Sénèque dans *De la brièveté de la vie*.

– Mais c'est absolument exact. Lorsque la vie a été bien occupée, comme la mienne l'a été, alors, il arrive un moment où la satisfaction de l'accomplissement devient réelle. C'est une sensation très plaisante. Souviens-t'en. Les gens qui disent que la vie est courte ne font que répéter un cliché. Et ces mots nous blessent car ils nous encouragent à aller toujours plus vite, à bourrer nos agendas. Or c'est précisément cette précipitation qui nous fait croire que la vie passe trop vite. Mais si nous savons ralentir, réfléchir, sentir, profiter, si nous utilisons le temps à bon escient, alors la vie devient vraiment pleine.

– Je sais ça, Mamouchka, mais parfois, nous sommes pris dans l'emballement des situations.

– À qui le dis-tu ! Une carrière, un mari exigeant, trois enfants... Moi aussi, j'ai été prise dans l'emballement. Mais j'ai quand même su profiter. N'oublie pas ça, mon petit chéri, profite de ce que chaque jour fait advenir pour toi.

Mamouchka avait une façon de beurrer sa crêpe avec gourmandise, d'y verser une fine pluie de sucre, de la plier, et de la déguster, comme si elle cherchait à démontrer par la pratique sa théorie précédente. Sam finit par en rire avec elle.

Peut-on vraiment échapper au temps ?

Cambridge, 2 février 2025

Benjamin avait choisi de vouer sa vie à la science comme un promeneur se réfugie sous un abri lors d'une tempête. La certitude des phénomènes physiques vérifiables, les lois immuables, les théorèmes parfaits, les formules élégantes étaient autant de repères rassurants dans ce monde incertain. Les choses arrivaient pour de bonnes raisons, physiques, démontrables. Il ne croyait pas au hasard. Comme Einstein, il se plaisait à dire que Dieu ne jouait pas aux dés. S'il lui avait fallu décrire la situation dans laquelle il venait de tomber, il aurait commencé par exposer les différentes théories du temps capables d'en rendre compte. À commencer par les deux principales.

Il découle des propriétés de la première, établie justement par Isaac Newton, que la rencontre entre deux personnes est un croisement de deux lignes d'univers en un point spécifique (date et lieu) de l'espace-temps. La ligne d'univers d'une personne donnée est l'empilement de tous les temps par lesquels elle passera de sa naissance à sa mort. Ainsi, la probabilité pour que les lignes d'univers de Nicola Newton, née à Londres en 1675, et de Benjamin Bruder, né à Zurich en 1988, se croisent ce 2 février 2025 était absolument nulle dans l'espace-temps newtonien.

Espace-temps selon Newton

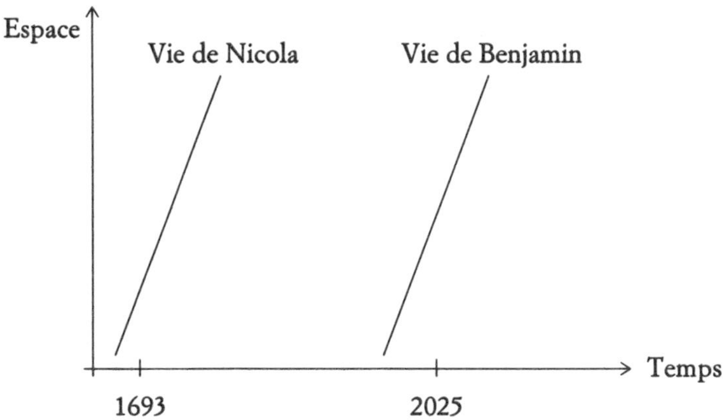

Selon la seconde, œuvre d'Albert Einstein, l'espace-temps est courbe et admet la possibilité d'une pliure. En théorie, si l'espace-temps se plie, deux époques peuvent se retrouver face à face, ou l'une au-dessus de l'autre. Dès lors, un tunnel, un pont peut relier ces deux époques : on appelle ce passage un trou de ver.

Espace-temps selon Einstein

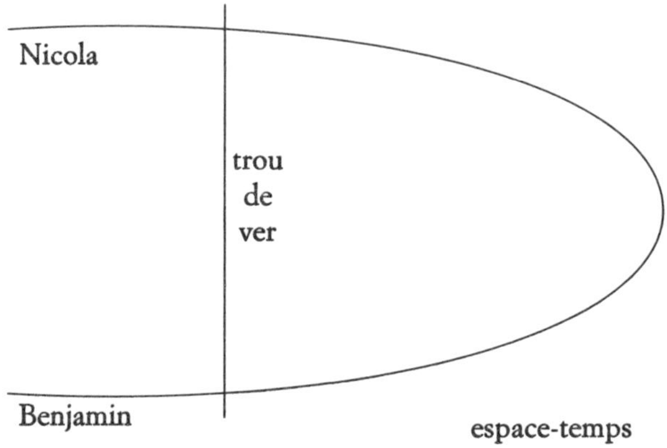

Le trou de ver est très connu des physiciens. Cependant, il demeure une notion purement mathématique. Personne ne l'a jamais observé dans la vie réelle. Que la conjonction du Big Bang miniature de Cédric et de l'explosion des métaux mis en fusion dans le laboratoire alchimique du physicien de Trinity College ait pu créer ce trou de ver était si hautement improbable qu'il aurait fallu beaucoup d'imagination ou de crédulité de la part de Benjamin pour prendre au sérieux les explications embrouillées de Nicola.

Cet être échevelé, noirci par les cendres, qui avait dû émerger d'une soirée déguisée, et qu'il avait au premier abord pris pour un garçon, s'avéra être une fille bien qu'elle le niât farouchement. À la réflexion, ce n'était probablement pas l'alcool qui rendait cette étudiante si bizarre, mais plutôt l'une de ces substances nouvelles, entre cocaïne et LSD, qui faisait monter l'adrénaline en même temps que les hallucinations. Il trouvait son regard limpide tout à fait fascinant. Lorsqu'il lui proposa de la raccompagner jusqu'au campus, elle s'immobilisa dans un tel état de sidération qu'il songea à la conduire directement à l'infirmerie. Il saisit quelques bribes de phrases désordonnées au sujet d'Isaac Newton et en conclut que ce devait être l'objet de son déguisement. Il n'était pas impensable qu'une fête étudiante de Trinity College ait pris pour thème les grands hommes de sciences, nombreux à avoir excellé ici. Lui-même, la première fois qu'il était entré dans l'enceinte de ce lieu prestigieux, avait demandé à voir l'emplacement des appartements de Newton. Il avait éprouvé une grande émotion à la pensée qu'il foulait la même terre que le grand homme, posait son regard sur les mêmes pierres et respirait le même air. Du reste, l'étrange personnage se tenait à peu de chose près à l'endroit où se trouvait jadis le laboratoire du maître. Il y vit une heureuse coïncidence et le lui fit remarquer. Le visage de la jeune fêtarde parut se décomposer.

– Où est parti le laboratoire ? Où est Isaac ?

Interloqué, Benjamin répondit ce qu'on lui avait appris, à savoir que le laboratoire avait été victime d'une explosion et que Newton n'avait jamais tenté de le reconstruire. Après des mois de lourde dépression, il avait fini par rejoindre Londres, avait commencé une carrière de fonctionnaire royal, et était devenu une sorte de ministre des Finances. La fille écarquillait les yeux, paraissait singulièrement agitée et voulait désormais rejoindre Londres. Benjamin se dit qu'il faisait sans doute une énorme bêtise mais comme, pour une fois, il avait loué une voiture, que ses rendez-vous étaient terminés, il proposa à la jeune personne dérangée de la ramener à Londres avec lui. Alors que celle-ci lui pressait les mains avec reconnaissance, il songea qu'il pourrait toujours la déposer aux urgences d'un hôpital si son état empirait. Pour l'heure, elle ne paraissait pas dangereuse.

Tandis qu'ils traversaient la cour principale du collège, la drôle de fille observait les alentours d'un air hagard. En arrivant près du parking, elle s'affola, demandant ce qu'étaient ces « étranges cubes de métal » disposés en ligne. Benjamin la considéra alors avec inquiétude. Même alcoolisé, même sous psychotrope, un étudiant d'aujourd'hui ne pouvait avoir oublié le concept de voiture. Il lui dit que c'étaient des voitures, et que ce serait dans celle qu'il avait louée qu'il allait la conduire jusqu'à Londres. La fille sembla saisie de terreur. Avec douceur, il lui demanda dans quelle sorte de véhicule elle avait voyagé jusqu'alors. Réveiller son souvenir parut la calmer. Elle décrivit la petite voiture construite par Newton lui-même et tirée par deux chevaux. Combien de temps lui avait-il fallu pour venir de Londres ?

– Deux jours, répondit-elle.

– Eh bien, avec une auto, deux heures suffisent, lui expliqua Benjamin.

Il tenta de la rassurer en lui disant qu'il conduisait très bien, ce qui était faux car il conduisait rarement, et certainement pas à gauche comme les Anglais. En réalité, il n'était plus question pour lui de laisser ce curieux personnage en rade à Cambridge. S'il le pouvait, il la ramènerait jusqu'à Paris.

Elle refusa de monter dans l'habitacle mais ne s'enfuit pas lorsqu'il mit le contact.

– Et les chevaux ? demanda-t-elle lorsque Benjamin ressortit pour venir lui ouvrir la portière gauche.

– Plus besoin de chevaux, c'est le moteur qui crée la traction.

Il parvint à la convaincre en l'assurant qu'elle ne pouvait rester là toute seule. Instinctivement Niki savait qu'il avait raison, qu'il ne subsistait rien de ce qui avait été sa vie, même si elle ne parvenait pas à comprendre ce qui s'était passé ni où elle se trouvait désormais. Elle surmonta son aversion pour l'engin en se concentrant sur le jeune homme. Son expérience lui avait prouvé qu'elle pouvait suivre un homme en toute confiance. Le libraire l'avait logée et nourrie, Newton l'avait instruite. Elle ne doutait pas que celui-ci lui apporterait des choses positives. Rester seule et démunie lui paraissait pire que tout.

Dès lors, Benjamin ne fut pas tellement surpris de l'entendre pousser des cris d'étonnement voire de stupeur tandis qu'ils traversaient la ville de Cambridge.

Il l'interrogea sur le village qu'elle avait connu. Parler de ses souvenirs avait pour vertu de la calmer. Quant à lui, il trouvait cette aventure tout à fait fascinante. Pour la forme, il lui demanda si elle se souvenait de la date du jour. Il savait déjà qu'elle se situerait dans les années 1690, mais personne n'avait su dater avec précision l'explosion du laboratoire de Newton. « 5 avril 1693 », répondit Niki sans hésiter. Il lui posa toutes sortes de questions sur sa vie, sur Newton, sur ce qu'elle savait des recherches du savant. Il se demanda comment lui annoncer cet immense saut dans le temps qu'elle venait d'effectuer. Mais il n'eut pas à prendre de précautions car elle était loin d'être stupide, avait grandi auprès d'un des plus grands esprits de tous les temps, et avait compris que son époque avait disparu. Comment ? Il serait toujours temps de le déterminer. Pour l'heure, une seule question l'intéressait :

– Quel jour sommes-nous ?

– Le 2 février 2025, répondit Benjamin.

Le silence qui s'ensuivit inquiéta Benjamin plus que ne l'auraient fait un cri épouvanté ou des sanglots. Pour Niki, le gouffre temporel était si énorme qu'il ne signifiait rien, un peu comme nous peinons à faire la différence entre des millions et des milliards d'euros tant les montants nous paraissent de toute façon inimaginables. Trois cent trente-deux ans ne présentaient aucune véritable différence avec deux cents ou cinq cents, tous ces sauts dans le temps auraient eu pour elle la même conséquence : la perte totale de ses repères et l'irréversibilité de sa situation.

– Je vais t'aider, déclara Benjamin. Je ne te laisserai pas tomber.

C'est la mémoire qui fait exister le temps

Kermaz, 2 février 2025

Après le départ de Sam, Johar Stern avait longuement repensé à ce qu'elle lui avait dit. Raconter une histoire de manière linéaire présentait un avantage. Tout était si clair désormais. Aucune des quarante versions de *Bermuda* n'avait proposé au lecteur un récit aussi limpide. Elle ne regrettait pas ce cadeau. Sam était la personne qu'elle avait tant attendue sans le savoir, celle qui serait capable de se saisir de sa mémoire et de la faire vivre au-delà de sa propre vie. Depuis que sa mère avait rejoint l'aréopage des disparus, elle avait l'impression de devoir porter ses deux parents, avec leurs histoires familiales et leurs souvenirs. Elle se sentait bien seule pour maintenir leurs mémoires à flot, comme s'ils n'avaient jamais quitté ce monde, entretenir la maison du mieux qu'elle pouvait, perpétuer les traditions, les dons aux associations, l'ancrage local. Comme pour s'assurer de la permanence de sa petite voix intérieure, elle pensa : *Ils seraient fiers de toi.*

Tout cela était absurde, elle en convenait, à commencer par cette maison qui était la sienne désormais. Elle pouvait en faire ce qu'elle voulait, la laisser à l'abandon, la vendre, la louer ou n'importe quoi d'autre ; de même qu'elle était libre d'occuper son temps ou son esprit. Plus personne n'était susceptible de lui en faire reproche. Et pourtant, avec sa disparition, sa mère avait acquis une présence permanente, comme si elle pouvait tout voir, tout juger. Johar ne regrettait pas de s'en être ouverte à cette étudiante qui, par certains aspects, ressemblait à la jeune femme qu'elle avait été, attentive au temps qui passe, aux traces qu'il laisse derrière lui. Cette formulation, Johar Stern en était consciente, était erronée. Le temps ne « passe » pas, il ne laisse pas de traces, c'est nous qui laissons des traces de notre passage. Mais chacun pouvait comprendre et même ressentir cette notion de passage du temps, car chacun en avait vécu les effets sur sa propre existence. Ainsi, exacte ou pas, cette phrase parlait à tous. Mais parmi ces « tous », il y avait ceux pour qui le temps était un sujet majeur et ceux pour lesquels il n'était qu'une contrainte de plus dans un monde qui en comportait déjà beaucoup (comme l'argent, la santé, l'amour, ou toute autre chose susceptible de nous distraire de notre finitude). Johar Stern, comme Sam, faisait évidemment partie de la première catégorie. Pour toutes les deux, le temps était la grande affaire de l'humanité et il s'agissait de bien cerner le sujet. Mais qu'est-ce que le temps ? L'une comme l'autre auraient pu répondre avec saint Augustin : « Si personne ne me le demande, je le sais, mais si on me le demande, je ne le sais plus. » C'est pourquoi c'était un soulagement pour l'une comme pour l'autre de s'être trouvées. Et plus encore, penserait la romancière a posteriori, de s'être trouvées à ce moment précis où leurs vies, à toutes deux, s'apprêtaient à entrer dans une nouvelle dimension.

Vers seize heures, revenant d'une promenade sur la plage alors qu'il faisait encore suffisamment jour, Johar Stern aperçut un homme qui regardait à travers une des fenêtres du rez-de-chaussée de sa maison. Elle sentit les battements de son cœur s'accélérer, mais étrangement, ce n'était pas tant l'alarme qu'une certaine émotion sur laquelle elle n'aurait pas su mettre de mots à cet instant-là, comme si elle retrouvait quelque chose de familier dans la silhouette de cet inconnu. Elle déposa en hâte son vélo et le héla :

– Qui êtes-vous ? Que cherchez-vous ?

L'homme se retourna brusquement et répliqua avec colère :

– Ce serait plutôt à moi de vous poser cette question ! Je rentre chez moi et je m'attendais à être accueilli !

Johar demeura figée par la stupeur.

– Papa, balbutia-t-elle.

Il était presque tel que dans son souvenir, avec son ciré de marin ruisselant d'eau, ses Docksides trempées, ses cheveux en bataille et sa barbe qui avait poussé comme chaque fois qu'il revenait de la mer. La différence, c'était sa jeunesse. Lorsqu'il était parti, ses trente-cinq ans paraissaient des siècles. Aux yeux de la petite fille qu'elle était, ce père faisait figure d'ancêtre. À présent, il avait l'âge de son fils, David. Il ne lui était jamais apparu que cet homme était mort si jeune. Au milieu de sa sidération lui vint la pensée terre à terre que sa mère avait eu raison de ne pas vendre la maison, de rester ici pour l'attendre. Elle n'avait jamais douté qu'il rentrerait un jour. Même si elle était triste qu'elle ne soit plus là pour l'accueillir. Johar s'avança pour serrer ce revenant dans ses bras. Il recula avec hostilité :

– Que faites-vous chez moi ? Où est ma mère ? Et ma femme, ma fille, ne devaient-elles pas être là à mon retour ?

Johar baissa la tête et lui fit signe de la suivre. La colère de l'homme redoubla lorsqu'il la vit mettre la clé dans la serrure.

– Que faites-vous chez moi ? répéta-t-il. Où est ma mère ?

– Je vais vous expliquer, soupira Johar, mais d'abord, venez vous réchauffer au salon.

Il entra avec méfiance.

– Donnez-moi votre ciré. Vous êtes trempé. Vous avez pris la pluie ?

– Qu'est-ce que c'est que cette peinture blanche ! Ma mère n'aurait jamais accepté de transformer sa maison en hôpital. Où est-elle ? C'est quoi, ces fauteuils en cuir et ce tapis ? Qu'avez-vous fait de ma maison ? Et de ma mère ?

– Je n'ai rien fait. Prenez cette couverture pour vous réchauffer. Asseyez-vous. Je vais préparer du thé.

– Pourquoi êtes-vous dans ma maison ?

– Regardez-moi. Bien en face.

Il plongea ses yeux dans ceux de Johar et fit la moue.

– Tu ne me reconnais pas ? demanda Johar avec douceur.

– Non, je devrais ? On se tutoie ?

– Lorsque tu es parti, oui, tu me tutoyais, tu me serrais fort dans tes bras, tu disais qu'on se retrouverait de l'autre côté de l'océan et qu'on irait sauter dans les vagues.

Il la fixait sans comprendre. Johar secoua la tête en sentant les larmes monter.

– Je suis désolée, dit-elle.

– Désolée ? répéta-t-il.

– Oui, désolée de tout ce que je vais devoir t'apprendre. Mais avant, je voudrais savoir : comment es-tu arrivé jusqu'ici ? Où est ton bateau ?

Perturbé par cette douceur triste et cette familiarité, l'homme ne songea plus à lutter, il plissa les yeux et dit :

– Ce matin, au réveil, je me suis rendu compte que je n'étais plus qu'à quelques milles des côtes bretonnes. Il me semblait qu'hier, j'en étais encore éloigné mais j'ai dû dormir plus longtemps que je ne le pensais. J'ai tenté d'appeler la capitainerie de Lorient avec la radio.

Impossible. Personne. La radio était en panne. Les vents se sont levés et les courants me portaient vers la baie. Je me suis dit que j'accosterais à Audierne. J'ai chaviré à moins d'un mille de la côte. Il y avait une de ces tempêtes. J'ai dérivé sur le canot de sauvetage, jusqu'à la plage. Et marché jusqu'ici. J'ai froid.

– Je vais faire bouillir de l'eau. Tu vas monter prendre une douche chaude, je vais te donner des vêtements.

– J'ai des vêtements ici ! rétorqua-t-il assez sèchement.

– Quelques-uns, oui. Viens, je t'accompagne.

– Oh, ça va, j'ai vécu ici presque toute ma vie, je sais où se trouve la salle de bains !

– Elle a changé. Pas changé de place, non. Mais changé d'aspect. Et pour y accéder, tu vas traverser ma chambre.

– Qui êtes-vous ?

Il la considéra avec curiosité.

– Maman ? risqua-t-il.

Il est vrai qu'elle avait désormais un âge proche de celui qu'avait sa grand-mère en 1975. Puis il ajouta, avec un drôle de rictus :

– Tu t'es fait refaire le visage ?

– Va prendre une douche, répéta Johar avec fermeté. Je te mettrai des vêtements sur le lit.

Il obéit comme un enfant.

Elle lui sortit un pantalon kaki, une chemise à carreaux et un pull irlandais ivoire. Elle avait beaucoup raillé sa mère qui avait conservé presque intacte, dans les armoires bretonnes, la garde-robe de jeune homme de son mari. À New York, tout avait été débarrassé. Elle songea qu'il allait regarder les photos dans les cadres aux murs de la chambre : ses parents au début de la guerre, lui enfant ou adolescent avec sa mère, lui en marié avec sa femme, puis son bébé, lui avec sa fille. Sa femme avec leur fille adolescente, sa femme avec sa fille adulte et son bébé, sa femme avec son petit-fils. Peut-être percevrait-il ce vieillissement dont il avait été exclu. Peut-être serait-il à son tour frappé de stupeur, tremblant, ému de retrouver sa fille déjà adulte.

Préparer le thé permit à Johar de concentrer son esprit sur des tâches concrètes. Elle avait souhaité ce moment si souvent qu'il lui semblait le vivre dans un rêve. Lorsqu'elle posa le plateau avec les tasses et la théière sur la table basse, elle entendit les pas de son père dans l'escalier, lourds et lents. Elle sentit qu'il restait immobile sur le seuil du salon. Elle attendit avant de se redresser, versant le thé avec une lenteur exagérée. Enfin, elle lui fit face.

– Qui es-tu ? redemanda-t-il.

Johar nota qu'il avait adopté le tutoiement.

– Johar.

Il haussa les épaules en ricanant.

– Il faudrait arrêter de me prendre pour un idiot. Je vais appeler la police, récupérer ma maison et mettre fin à cette plaisanterie.

– Je regrette, murmura Johar. Je comprends que tout cela va être difficile à admettre. Mais tu comprendras un jour que, pour nous aussi, les choses ont été difficiles. Ma mère t'a attendu pendant tellement d'années.

Paul de Kermazec fronça les sourcils.

– J'écoute ton histoire, puisque tu y tiens. La mienne, elle est simple, je suis parti du port de Wilmington, voici neuf jours, j'ai traversé l'Atlantique, je devais rentrer à Lorient et passer le reste de l'été ici en famille. J'ai échoué dans la baie d'Audierne, je suis venu à pied. Personne ne m'attendait. Par quelle explication commences-tu ?

Johar était glacée par sa manière tranchante de hacher ses phrases et la morgue avec laquelle il la toisait. Elle avait conservé de ce père disparu une image pleine de tendresse. Sa mémoire l'avait-elle trompée ? Était-il déjà ainsi, ironique et cassant ? Le deuil et le discours maternel avaient-ils enjolivé une réalité difficile à vivre ? Ou bien ce demi-siècle passé dans la prison du temps l'avait-il à ce point métamorphosé ? Elle résolut de lui révéler d'emblée la vérité :

– C'est une question de date, dit-elle.

– De date ? fit-il avec une moue méprisante.

– Oui, de date. Tu es parti de Caroline du Nord en juillet 1975. Or, comme tu peux le constater, nous ne sommes pas en été. Les arbres sont nus, le soleil est bas, le ciel est blanc. Nous ne sommes même plus dans les années 1970, ou même 1980, mais en 2025. Le

2 février 2025, pour être exacte. Voilà la vérité. Cinquante ans nous séparent.

Un voile de panique passa dans ses yeux avant qu'il se ressaisisse.

– Où est ma mère ?

– Elle n'est plus de ce monde depuis longtemps, je suis désolée.

– Petite salope.

Johar leva les yeux vers ce rustre auquel elle avait consacré toute son œuvre. Elle se leva et se saisit d'un magazine qui reposait sur une commode.

– Il n'est pas récent mais si tu regardes la date, tu verras que nous sommes passés au XXIe siècle depuis longtemps. Quant à tes insultes, tu peux te les garder. C'est toi qui as abandonné ta mère pour aller vivre en Amérique. Elle est morte. Qui puis-je ? J'avais huit ans !

Le marin échoué accusa le coup. Effectivement, le magazine datait du Noël précédent, 2024.

– Et ta mère ? Tu l'as tuée aussi ?

Johar baissa la tête et tenta de s'apaiser.

– Elle est morte, effectivement. D'un AVC. Elle approchait des quatre-vingts ans. Elle a passé sa vie ici à t'attendre, et moi avec. Même après cinquante ans, un père devrait être capable de reconnaître sa propre fille. De la même façon que je t'ai reconnu tout de suite.

– Mais je n'ai pas changé, moi. Je ne suis pas devenu une vieille peau toute ridée !

Une vieille peau toute ridée ? C'était ainsi qu'il la

voyait. *Il est triste*, pensa-t-elle pour excuser sa dureté, *désespéré peut-être*. Il avait perdu, en quelques secondes, sa mère, sa femme, son enfant. *Il faut lui laisser le temps*. Il gémit :

– Ma fille, ma princesse, ma perle, pourquoi ces cheveux de garçon, ces vêtements vulgaires ? Tu étais tellement jolie !

Elle se mordit les lèvres pour ne pas se laisser aller à pleurer devant lui.

– Peut-être ai-je souffert. Peut-être pourrais-tu te soucier de ce qu'ont été nos vies après ta disparition. Tu pourrais poser des questions sur mon enfance triste à mourir, sur ma mère dépressive, sur cette solitude infinie qui fut la nôtre. Tu es déçu ? Et moi donc ! Je me souvenais d'un père aimant, attentionné, doux, drôle parfois. Vous êtes un étranger pour moi aussi.

Elle se sentit coupable de le voir poser sa tête entre ses mains, coupable de sa propre raideur. Elle se redit que pour lui le choc devait être considérable. Elle s'avança pour le consoler. Il redressa la tête :

– Et tu as eu des enfants ?

– Un fils.

– C'est bien.

Elle se garda de lui parler de ce fils renégat. Il s'en rendrait compte par lui-même s'il lui prenait l'envie de le rencontrer.

– Où est ton mari ?

– Je ne suis pas mariée. Mon fils vit aux États-Unis, il est musicien de jazz.

– Ah, un artiste ! Et toi, qu'as-tu fait de ta vie ?

– J'ai écrit des livres.

– Ah, c'est bien, c'est intéressant.

Pour la première fois, une lueur positive traversa le regard de son père, même si cela paraissait un peu forcé.

– Tu vis seule ?

– Lorsque je suis en France, oui. À New York…

Elle s'interrompit car elle s'apprêtait à parler de ses cousins, de leur vie ensemble depuis que leurs parents, à tous, n'étaient plus de ce monde. Mais elle réalisa pour la première fois que désormais elle devrait compter avec ce père ressuscité. C'était si étrange.

– Tu voudras peut-être récupérer ta maison, dit-elle.

À ces mots, elle ne sut si cela serait finalement pour elle un soulagement (d'abandonner ce rôle de gardienne) ou un crève-cœur (de devoir quitter le refuge de son enfance).

Il la regarda d'un air perdu. Elle s'avança pour prendre sa main.

– Si tu savais comme tu m'as manqué… Et maintenant, j'ai l'âge d'être ta mère. Je ferai ce que je peux pour t'aider.

Il haussa les épaules. Il ne voyait pas en quoi il pouvait être aidé. Il était à la fois le veuf et l'orphelin. Et cette inconnue qui prétendait être son bébé ? Impossible…

Un demi-siècle s'était écoulé. Ce monde ne serait jamais le sien.

À cet instant, un objet plat posé sur la table se mit à sonner. Il sursauta. Pourquoi donc mettre un réveil l'après-midi ? Il resta interdit lorsque Johar prit l'appareil et le colla à son oreille.

– Oui, Sam, fit-elle.

– Johar, j'ai quelque chose d'incroyable à vous raconter.

Stern émit un petit rire :

– Eh bien, moi aussi ! Là, je ne peux pas vous parler mais rappelons-nous ce soir, ou demain. Je crois que vous n'en reviendrez pas.

DEUXIÈME PARTIE

Présent

Le temps est un voyage

Paris, 2025

Lorsque Benjamin lui annonça qu'il rentrerait de Cambridge accompagné d'une jeune fille venue du XVIIe siècle, Sam resta étrangement impassible, comme s'il était courant de traverser le temps et de se perdre dans une époque inconnue. Une seconde femme débarquait dans son couple, et Sam avait l'impression d'avoir toujours su qu'il en serait ainsi. Benjamin lui avait raconté en quelques mots les circonstances de sa rencontre et les explications embrouillées de Nicola. Sam repensa à leur dîner avec Cédric. Se pouvait-il que son expérience ait mal tourné ?

– Plutôt mal, oui, lui avoua Cédric au téléphone, j'ai cru qu'on avait fait exploser le labo. Je ne sais pas ce qui s'est passé. Il y a eu comme une tornade dans la pièce. J'ai à peine eu le temps de penser que notre discussion de la veille m'avait porté malheur.

– Un trou noir ?

– Je n'en sais rien. Peut-être. Heureusement, tout est rentré dans l'ordre. Il y a eu comme une explosion, puis cette mini-tornade qui nous a fait craindre le chaos mais finalement, rien ne s'est passé. À part quelques objets tombés par terre, nous n'avons eu aucun dégât à déplorer. Ce qui s'est produit est incompréhensible. L'important, c'est qu'il n'y ait pas eu de conséquences.

– Je n'en suis pas certaine.

Elle lui parla de la curieuse rencontre de Benjamin avec la contemporaine d'Isaac Newton.

– L'explosion du laboratoire de Newton est avérée, lui confirma Cédric. Mais je ne vois pas comment deux explosions auraient pu créer un tunnel de temps entre elles.

– Pas même tes fameux trous noirs ?

– Peut-être, je ne vois que ça. Mais, sérieusement, je n'y crois pas, c'est tellement inconcevable.

– Benjamin rentre avec la fille demain. Si elle ment, nous finirons bien par nous en rendre compte. Je doute que ce soit lui qui mente. C'est tellement énorme ! Il y a quand même des moyens plus simples pour dissimuler l'existence d'une maîtresse !

Sam se mit à rire. Cédric protesta :

– Benjamin ? Jamais il ne t'a trompée, jamais il ne le fera !

Et quand bien même, pensa Sam, il ne tenterait pas de lui faire croire que la fille était un transfuge du XVIIe siècle.

À présent, elle avait hâte de faire la connaissance de ce phénomène.

À Londres, Benjamin était parvenu à transformer Niki en jeune fille du XXIe siècle. Il lui avait acheté un jean, deux tee-shirts, un sweat à capuche, une doudoune et des baskets. Elle avait pris une douche, s'était lavé les cheveux, lesquels, d'un blond très clair, paraissaient plutôt en mauvais état. De même, son teint blafard ne respirait pas la bonne santé. Il avait profité de leur soirée en tête à tête pour lui raconter ce qui s'était passé dans le monde depuis trois siècles. C'était un bon exercice. Qu'est-ce qui était le plus important ? La révolution industrielle ? La mondialisation ? L'accélération des transports et des communications ? La croissance exponentielle de l'humanité ? À l'époque de Newton, les connaissances étaient si limitées, tout évoluait si lentement. Mais il ne tarda pas à comprendre que le cerveau de Niki n'avait rien à envier à ceux des scientifiques modernes. Elle intégrait les informations à grande vitesse, y compris les différences de vocabulaire. À Trinity College, la langue de Shakespeare était le lien commun entre tous. Benjamin parlait un américain basique, essentiellement pratique, destiné à la communication entre scientifiques. Auprès de Newton, Niki avait appris à parler couramment le latin et le grec. Elle possédait aussi de bons rudiments de français. Benjamin n'était pas certain que cela soit suffisant pour que Niki puisse s'intégrer facilement à la vie parisienne.

– Je vais t'emmener avec moi, mais peut-être ne te sentiras-tu pas bien dans mon pays. Dans ce cas, nous trouverons une solution pour t'établir à Londres sans que tu deviennes l'objet d'une curiosité malsaine. Tu comprends ? Personne, avant toi, à notre connaissance, n'a jamais traversé le temps. Le jour où cela s'ébruitera, tu deviendras un phénomène incroyable. Tu ne peux pas imaginer le pouvoir des médias aujourd'hui. C'est pourquoi je pense que, pour l'instant, il est préférable de rester discrets. Mais tu choisiras, bien entendu, la vie que tu préfères mener. Il est certain que si tu optes pour demeurer auprès de moi, tu vas devoir cacher ta véritable identité, au moins durant un temps.

– J'ai l'habitude. À Trinity College, j'étais une clandestine. Isaac m'a traitée comme un garçon pendant les dix ans que nous avons passés ensemble. J'ai cru qu'il n'avait pas compris que j'étais une fille. En fait, il a voulu me protéger. Ça ne me dérange pas que l'on ignore qui je suis.

– À notre époque, on peut passer d'un genre à l'autre plus facilement, ce n'est plus un problème, mais la dissimulation, en général, est moins simple, car la surveillance est plus grande. Tout le monde est censé avoir un statut et des papiers. Tu comprendras vite tout cela. Pour l'instant, je vais avoir du mal à te faire prendre le train avec moi. Je dois trouver une solution d'ici demain.

Le moyen imaginé par Benjamin fonctionna : il fit une déclaration de vol au poste de police le plus proche de l'hôtel et présenta le récépissé à l'embarquement. Ainsi, sous l'identité, à peine falsifiée, de Nicola Newton née le 12 mars 2007 à Londres, la fille aux allures d'éphèbe franchit la Manche dans un tunnel, à la vitesse de l'Eurostar.

L'amour arrête le temps

Londres et Paris, 2025

Depuis qu'elle avait quitté sa mère à l'âge de six ans, Niki avait vécu dans un monde d'hommes : le libraire qui l'employait, les clients auxquels elle portait les plis licencieux, Newton et tous les enseignants et élèves de Trinity College. La vieille femme qu'elle avait consultée au village ne comptait presque pas, le rendez-vous avait duré moins d'une heure et Niki n'avait fait qu'entrevoir l'existence d'un deuxième sexe.

Dans les rues de Londres, au restaurant, dans l'Eurostar, dans l'autobus parisien, cette population bisexuée lui parut incongrue, comme si, en trois siècles, l'humanité s'était dotée d'une seconde moitié jaillie de rien. Dans le train, Benjamin avait tenté de lui expliquer le Brexit, mais la sortie de l'Union européenne ne signifiait rien pour elle : l'Europe n'avait jamais existé en tant que telle. Il parla donc surtout de son travail de physicien. Pour avoir été au service du plus grand scientifique de son temps, ces transformations-là, elle pouvait les envisager. Il repartit des postulats de Newton – le temps universel, l'espace immuable – pour lui expliquer la relativité d'Einstein. Niki ouvrit de grands yeux. Un espace-temps courbe ? Non, elle ne voyait pas à quoi cela pouvait correspondre.

– Rassure-toi, personne ne le peut. Il faut seulement l'admettre.

Il lui parla des étonnantes propriétés des quanta, capables de communiquer à des kilomètres de distance, susceptibles d'être dupliqués, et donc téléportés, possiblement à un endroit et/ou à un autre en même temps. Et pour finir, il lui confia son but ultime : sa quête de la théorie du tout ! Il espérait susciter son admiration, mais elle se mit à rire.

– Vous en êtes encore là ! Isaac aussi cherchait la théorie du tout. Il travaillait les métaux pour retrouver le geste créateur du divin et reproduire l'univers afin de le comprendre. Si j'ai bien saisi tes explications, vos techniques sont plus évoluées mais la recherche en est toujours au point mort.

Benjamin ne dit rien, pour ne pas la froisser, mais il était grandement vexé. D'autant qu'il devait reconnaître qu'elle avait raison : chaque avancée de la science offrait à l'humanité une vision plus exacte de l'univers mais ne permettait en rien d'expliquer la présence de cette matière en suspension, le « pourquoi quelque chose plutôt que rien » restait une énigme. Toujours la même question depuis l'Antiquité, rien de nouveau depuis Anaximandre. Cela signifiait-il qu'il vouait sa vie à une cause perdue d'avance ? Il s'était tellement moqué de l'obsession de Sam pour les *Bermuda*... Ah, ils ne faisaient pas tellement avancer nos connaissances, ces écrivains qui tournaient en rond dans leur chambre ! Peut-être ne valait-il guère mieux ? Sam avait tenté de lui expliquer que la finalité n'avait pas grande importance – après tout, nous nous dirigeons tous vers le même point d'inexistence –, et que seul comptait le pas à pas. Personne ne pouvait contester à qui que ce soit le sens qu'il donnait à sa vie. C'était déjà une belle performance que de parvenir à le trouver. Benjamin s'était senti un peu triste, et agacé de l'être.

Lorsque l'Eurostar entra dans le tunnel, Niki s'agita. Traverser la Manche sous la mer lui semblait inconcevable. Pour la distraire, Benjamin lui parla de la France.

– Mais je sais ce que c'est, protesta Niki. Ton pays existait déjà lorsque j'étais jeune. Bien des *fellows* étudiaient le français. J'ai entendu parler de Paris et de votre roi Louis XIV.

– Nous n'avons plus de roi depuis plus de deux siècles, dit Benjamin.

– Alors qui dirige la France ?

– Un président de la République. Le peuple vote tous les cinq ans pour l'élire.

– Oh, fit Niki très intéressée. En Angleterre aussi ?

– Non, les Anglais ont conservé leur monarchie et leurs

institutions. Il est vrai que tu serais moins déroutée si tu étais restée en Angleterre. Mais je n'aurais pas pu...

– Ne t'inquiète pas, le coupa Niki, j'étais d'accord pour te suivre. Tu vis dans une université, toi aussi, comme Isaac ?

Benjamin réalisa qu'en vingt-quatre heures, il n'avait pas trouvé le temps ou les mots pour lui parler de Sam. Il évita de se demander pourquoi il avait passé un fait si important sous silence alors que d'ici deux heures, les deux femmes feraient inévitablement connaissance.

– Ah, tu vis avec une femme ? Je pensais que les savants vivaient toujours entre hommes. En dix ans, je n'ai jamais vu Isaac avec une femme, hormis sa demi-sœur. Ça ne l'intéressait pas. À part Dieu, il n'aimait personne, je crois. À Trinity, il n'y avait que des garçons. Ta femme s'occupe bien de toi ?

– Le rôle de la femme a changé depuis ton époque. Les hommes et les femmes sont égaux. Et Sam, comme moi, gagne sa vie.

– Elle fait des mathématiques ?

– Non, de la philosophie.

– C'est un peu pareil, non ?

– Plus tellement. La physique s'est dissociée des mathématiques et, encore davantage de la philosophie, je te raconterai ça si ça t'intéresse.

– Tout m'intéresse.

Benjamin était stupéfait de la vitesse avec laquelle Niki acceptait la perte de ses repères temporels. Était-elle si peu attachée à son époque ? Sa curiosité prenait-elle naturellement le dessus sur ses appréhensions ?

À la gare du Nord, Benjamin suggéra d'aller attendre un bus plutôt que de s'engouffrer dans le métro. Pour Niki, cela ne faisait aucune différence, les deux termes lui étaient aussi étrangers l'un que l'autre.

– Il fait beau, insista Benjamin, profitons-en. Je vais te montrer un peu Paris.

Il s'étonna de sa propre familiarité, comme si Niki n'était qu'une collègue étrangère qu'il pouvait balader comme une touriste.

– Tu dois faire attention aux voitures, aux vélos aussi, il en arrive dans tous les sens.

– J'ai l'habitude ! À Londres, quand j'étais petite, les gamins se faisaient écraser comme des rats par les sabots des chevaux ou les roues des calèches. Personne ne s'arrêtait.

Benjamin hocha la tête. Il considéra le petit visage pâle et obstiné, tenta de se représenter le parcours de Nicola, s'obligea à penser que, trois jours plus tôt, elle fréquentait encore Isaac Newton. Mais cela ne signifiait pas grand-chose car c'était tout bonnement inimaginable. Il se demanda comment il s'y prendrait pour étudier ce mystère, par quel bout il l'attraperait et lesquels de ses collègues il mettrait dans la boucle du secret.

Assise dans l'autobus, Niki colla son nez à la vitre, ne voulant rien perdre de sa traversée de Paris. Quand, parfois, ses yeux se perdaient dans le vide, Benjamin se demandait à quoi elle pouvait penser. Lorsqu'il finit par le lui demander, elle répondit :

– Isaac ne voudra jamais me croire ! Le XXIe siècle ! Déjà, il parlait du XVIIIe comme d'un avenir lointain, alors qu'il ne nous manquait que quelques années pour y parvenir.

Benjamin demeura interdit. C'est donc cela qu'elle avait en tête ? Elle envisageait son aventure comme une excursion ! Mais il n'avait aucune idée du chemin à emprunter pour revenir en arrière. Il préféra se taire, elle comprendrait seule, peu à peu, qu'il n'y avait pas de retour possible. Elle était très jeune encore, elle s'adapterait. Elle était si différente de Sam, si fine, si diaphane, les prunelles presque translucides, les lèvres pincées, le nez aquilin tandis que tout, chez Sam, paraissait s'épanouir, les lèvres et leur sourire, les yeux sombres et leur éclat, la rondeur de son visage, la teinte chaude de ses cheveux bruns. Parfois, il lui était arrivé de se dire qu'elle était « trop pour lui » : trop belle, trop pleine, trop sûre d'elle, trop bourgeoise (au-delà même de cet appartement dans lequel il ne se sentait pas complètement chez lui). Pourtant Sam ne manifestait jamais rien d'autre que de l'admiration à l'égard de Benjamin et, en bonne philosophe, ne formulait que ses doutes. Mais aux yeux de Benjamin, quelque chose en elle paraissait stable, ancré, ce qui était un comble car, à tous points de vue, c'est plutôt lui qu'un œil extérieur aurait décrit de la sorte. Sam était forte, il le savait et redoutait qu'elle en prenne conscience, qu'elle n'ait plus besoin de lui. Pourquoi toutes ces pensées négatives lui venaient-elles à l'esprit à cet instant ? Se pouvait-il que, par sa seule présence, Niki ait fait de Sam une étrangère ? Qu'est-ce qui, chez cette gamine mal nourrie, ébouriffée comme un moineau sortant d'une flaque d'eau, pouvait l'attirer ? Il aurait aimé que cet autobus ne parvienne jamais à destination. En rentrant chez lui ce jour-là, il eut la sensation de faire un grand saut dans l'inconnu.

Sam était dans la cuisine lorsqu'ils pénétrèrent dans l'appartement. Ils l'entendirent crier :

– Je fais un risotto, je ne peux pas le lâcher, installez-vous. J'ai préparé un lit dans le bureau pour Nicola, montre-le-lui.

– Viens, murmura Benjamin en prenant la main de la jeune Anglaise.

Elle s'en libéra avec douceur et se dirigea vers la cuisine. Sur le seuil, elle s'arrêta net, comme subjuguée par la magnificence de la scène : une figure maternelle, pleine de santé, épanouie et nourricière. Benjamin ne comprit pas la nature des sentiments qui étaient en train de naître mais il en ressentit toute la puissance.

– Entre, dit Sam.

Niki avança avec un sourire que Benjamin ne lui avait encore jamais vu. Il eut l'impression d'être devenu invisible.

– Entre aussi, mon chéri. J'ai invité Cédric. Après tout, c'est sa faute tout ça.

– Qu'est-ce que Cédric vient faire là-dedans ? grommela Benjamin contrarié. Tu ne penses pas que tu aurais pu être un peu plus discrète ?

– Moi aussi, ça me fait plaisir de te voir, mon chéri, répondit Sam, imperturbable. Tu as manqué un épisode toi aussi. Je t'assure que tu ne seras pas mécontent de ce que tu vas apprendre ce soir. Quant à Nicola…

– Niki, corrigea Benjamin, sèchement.

– Non, Nicola, c'est bien aussi, c'était mon vrai nom.

Benjamin sortit de la pièce en silence. Il venait de comprendre ce qu'il n'était jamais parvenu à s'avouer. Avec Sam, il lui arrivait souvent de se sentir dépossédé. Son histoire familiale, ses goûts littéraires et artistiques, sa beauté, son éducation, ses biens, tout semblait tellement plus intéressant chez elle que chez lui. Elle n'y était pour rien, évidemment, mais il ne voulait plus se laisser dépasser. Même son meilleur ami était devenu celui de Sam. Ils se parlaient sans qu'il soit au courant. Que lui restait-il en propre ? Même son travail, il le partageait avec des dizaines de chercheurs de sa discipline. Mais Niki était à lui. C'était lui qui l'avait trouvée, reconnue, recueillie, adoptée. Il ne laisserait personne la lui prendre.

Cédric dut expliquer plusieurs fois à Nicola qu'il n'était pour rien dans l'explosion du laboratoire de Newton.

C'était un fait historique avéré. En revanche, le trou noir, même miniaturisé, reproduit dans les locaux de Saclay, avait probablement joué comme un appel d'air dans l'espace-temps et ouvert des couloirs qui étaient entrés en contact avec des phénomènes physiques intenses survenus dans le passé. L'explosion du four en était un, comme sans doute le tourbillon dans lequel le bateau du père de Johar Stern avait été retenu prisonnier. Car Sam, qui avait longuement parlé, la veille, avec Johar, n'avait pas manqué d'établir le lien entre ces deux apparitions du passé. Très certainement, il avait dû y en avoir d'autres de par le monde. Peut-être cela finirait-il par se savoir… Nicola écoutait avec avidité.

– Plus nous serons nombreux à avoir vécu cette aventure et plus nous serons crédibles, dit-elle. Si je suis seule à raconter mon histoire, personne ne me croira, même si Benjamin en a été le témoin. Les gens penseront que nous mentons pour faire parler de nous. Je n'ai aucune preuve, hormis les habits que je portais, et encore… Il paraît que vous pouvez vous en procurer de semblables dans des magasins de déguisements ! Comment les gens de votre époque pourraient-ils me croire ?

– Il faut attendre que les médias ou les réseaux sociaux en parlent. Si le phénomène s'est répandu, il ne pourra demeurer longtemps secret, dit Benjamin avec réticence.

– Je demanderai à Sibylle, mon amie qui est devenue journaliste, dit Sam. On était au lycée ensemble, je serais contente de la revoir. Peut-être aura-t-elle eu vent d'histoires similaires.

– Tu es folle, protesta Benjamin. Toute la presse va se jeter sur Niki, et elle deviendra un phénomène de foire !

– Je ne vois pas très bien comment tu pourras garder un pareil secret, répliqua Sam. Nicola n'a ni papiers, ni famille, ni travail. Il faut lui donner une existence légale.

– Ah oui, railla Benjamin, et tu crois que, juste sur ses allégations, la préfecture va lui fournir des papiers, un logement et une allocation comme si elle venait de l'étranger !

– Oui, il va bien falloir tenter quelque chose pour l'intégrer dans notre société.

– Certainement pas ! asséna Benjamin.

– N'est-ce pas à moi d'en décider ? demanda Nicola, dont le calme vint percuter la tension qui croissait autour de la table.

– Oui, bien sûr, dit Sam. Tu décideras.

– Et donc ? demanda Benjamin en regardant Nicola avec une sévérité inhabituelle.

Nicola sursauta.

– Je ne sais pas. Il me faut du temps pour réfléchir. Si vous m'acceptez, je serai heureuse de rester quelques jours avec vous, le temps de digérer ce qui m'arrive.

– Bien sûr, dit Sam en mettant sa main sur le bras si fin et si blanc de Nicola. Reste le temps qu'il te faut. Tiens, même Schrödinger t'a adoptée.

Le petit birman aux yeux bleus frottait sa fourrure

crème sur les jambes de leur invitée. Nicola le fit monter sur ses genoux.

– C'est curieux d'avoir un chat dans sa maison, dit-elle, mais c'est pratique contre les rats. Il y avait des chats à Londres, et à Trinity aussi, mais jamais ils n'ont eu le droit d'entrer dans la maison. Je ne pensais pas qu'ils étaient si affectueux.

– Schrödinger a ses têtes, dit Cédric, j'en sais quelque chose ! Toi, il t'aime bien, manifestement. Nicola, je ne sais pas si tu en as conscience, mais ta présence nous ouvre tout un nouveau domaine de recherche. C'est vertigineux. Benjamin, tu devrais l'emmener à Saclay. Je suis certain que nous pourrions l'intégrer à un programme d'études.

– Ça, je veux bien, répondit Nicola avec enthousiasme. Mais je vais avoir besoin de leçons pour me mettre au niveau de vos connaissances.

Benjamin sentit l'étau se desserrer. Guider une nouvelle recrue dans les méandres de la science était parfaitement de son ressort ; et, au moins, il ne laisserait pas sa protégée toute la journée aux mains de Sam.

Seul l'esprit humain peut donner du sens au temps

Kermaz, 3 mars 2025

Au guichet de la mairie, Paul de Kermazec tenta de faire reconnaître son retour et réclama les documents qui accompagnent une existence légale : acte de naissance, certificat de propriété, etc. Outre l'invraisemblance de son histoire, son ton exaspéré eut raison de la patience de l'employé administratif. Avec l'aide de son collègue, celui-ci ficha ce « dingue » à la porte. Si le cas des personnes disparues est prévu par la loi, c'est bien pour permettre aux familles de pouvoir continuer à vivre. Au bout d'un certain temps, les épouses peuvent se remarier, les enfants sont considérés comme orphelins, les parents « font leur deuil » comme ils peuvent, les amis passent à autre chose. Mais rien n'est prévu pour le retour, hormis une déclaration d'usage, bonjour me revoilà, rendez-moi mes papiers, mes biens, ma famille et reprenons le cours de la vie là où nous l'avions laissée. Pourtant de telles affaires arrivent. On retrouve des adultes enlevés dans leur enfance, des vagabonds en rupture de vie sociale, des gens retenus prisonniers ou ayant refait leur vie ailleurs. Mais ces retrouvailles surviennent rarement après cinquante ans d'absence ! Toutefois, si Paul de Kermazec avait eu l'aspect d'un homme de quatre-vingts ans, sans doute l'administration n'aurait-elle pas fait de difficulté pour lui rendre son identité. Il aurait pu avoir fait naufrage et survécu tel un Robinson sur une île inconnue. Mais un homme de quatre-vingt-cinq ans, disparu en 1975, avec ce physique de trentenaire, non, il ne fallait pas prendre les agents de l'État pour des imbéciles !

Paul de Kermazec dut alors accepter la terrible réalité : il devrait désormais continuer son existence avec ce trou d'un demi-siècle étalé au milieu de sa vie. Et pour commencer, il lui fallait retrouver son calme, s'accoutumer à cette époque où ceux qu'il avait aimés étaient morts ou méconnaissables. S'il voulait avoir de nouveau une place dans la société, il devait réunir des preuves de sa bonne foi. Il lui fallait des témoins. La parole de sa fille était considérée comme non fiable étant donné son jeune âge au moment des faits et son obsession pour cette affaire sa vie durant. Des amis d'enfance, ce serait l'idéal. Il n'avait pas connu son père, ni eu de fratrie, ni de cousinage, sa mère était décédée, son épouse également. Mais il avait fréquenté l'école du village le plus proche de Kermaz, le collège d'Audierne, le lycée de Quimper. Même si ses professeurs étaient sans aucun doute morts depuis longtemps, il lui restait une chance de retrouver un copain de classe qui ne soit pas atteint de la maladie d'Alzheimer, avec lequel il aurait quelques souvenirs comme une bataille de boules de neige, une régate dans la baie, une boulette de papier envoyée à la sarbacane sur le tableau noir. Il y aurait alors quelqu'un pour témoigner d'une enfance commune et le rendre à sa génération véritable.

Il supportait difficilement de devoir dormir seul dans la chambre qu'il partageait jadis avec son épouse et dont Johar avait fait une pièce impersonnelle destinée aux amis de passage. Il supportait encore moins bien de voir cette étrangère regagner chaque soir la chambre de sa mère. Quelque chose en lui refusait que cette femme d'un certain âge soit la fillette qu'il avait adorée. Il trouvait heureux que l'ordre des choses permette à la plupart des gens de quitter cette terre avant de voir leurs enfants devenir vieux.

Dans l'éclat d'un rire, il avait reconnu son espiègle petite fille. Cela lui avait procuré plus de douleur que d'agrément. Il ne parvenait pas à croire qu'elle soit devenue cette romancière sombre dont l'œuvre absurde lui donnait la nausée. *Bermuda*, quel titre épouvantable ! Quant à son contenu, ce déballage impudique autour de son absence lui était insupportable. D'autant que, par son retour, il rendait caduque toute cette littérature de la plainte. Il ne s'était pas gêné pour en faire la remarque à « sa fille », qui lui avait alors sèchement rétorqué :

– L'écriture a donné un sens à ma vie, ton retour n'y change rien. Ce sera toujours ma raison d'être. Bien au contraire, tu me donnes une extraordinaire matière pour continuer à écrire.

Le temps présent lui était devenu une souffrance. Il ne comprenait pas comment il avait pu se retrouver dans cette situation. Johar lui avait parlé d'un astrophysicien qui avait ouvert des couloirs dans le temps, mais cela ne signifiait rien pour lui. Pourquoi aurait-il été retenu prisonnier durant cinquante ans sans en avoir gardé aucun souvenir ? Lui remontait parfois à la mémoire le bruit assourdissant d'une explosion. Il entrevoyait l'image d'un avion en flammes au-dessus de sa tête, chutant vers l'océan en tourbillonnant. C'était un cauchemar absurde mais Johar le prit très au sérieux :

– Une explosion ? C'est exactement ce qu'il a fallu pour ouvrir ce corridor spatio-temporel. Le Big Bang de Saclay a permis au temps de ton explosion de rejoindre celui du trou noir.

Elle évita de lui dire qu'elle avait effectué des recherches et trouvé trace de la disparition d'un avion américain en juillet 1975 dans le Triangle des Bermudes. C'était curieux qu'elle n'ait jamais pensé auparavant à enquêter sur les événements recensés dans cette région du globe cet été-là. Sa mère disait que le secteur était maudit, que nombre de bateaux et d'avions y avaient été engloutis, sans préciser que la disparition du bateau du père coïncidait avec celle d'un Boeing 747 – cela ne pouvait lui avoir échappé. Elle n'avait établi aucun lien entre les deux. En tout cas, elle n'en avait jamais parlé. À présent, aidée par les explications de Sam, Johar Stern commençait à comprendre l'accident dont son père avait été victime. L'explosion dans l'avion avait déclenché l'incendie et l'appareil en flammes était tombé sur le voilier. C'était une bombe sur une coquille de noix. Ainsi était mort son père, un demi-siècle plus tôt. Et voilà qu'une expérience manquée avait ouvert un tunnel entre l'explosion qui avait précédé le naufrage, ce moment où son père était encore vivant, le regard attiré vers le ciel, et ce 2 février. Dans ce nouvel espace-temps, son père avait échappé à la mort et rejoint directement l'année 2025.

Si l'écrivaine trouvait l'aventure extraordinaire et digne d'être contée, la fille n'était pas certaine de s'en réjouir. La réalité de ce revenant venait télescoper le mythe du père parfait, aimant, fort et chaleureux qu'elle avait patiemment créé avec les années. Souvent, elle avait espéré être félicitée : tu as bien pris soin de la maison, tu t'es bien occupée de ta mère, tu es devenue une femme dont je suis fier – toutes ces choses que les filles aimeraient entendre de la bouche de leur père. L'homme réel était un type ronchon, critiquant à peu près tout : la piscine était une aberration, le style de la décoration intérieure mal accordé à l'architecture locale, les cendres dispersées de son épouse étaient une hérésie et la tombe de sa mère, trop mal entretenue, etc. Toutefois, ce qui rendait Johar encore plus triste, ce n'était pas cette déception dont elle était la victime consentante mais l'absence de sa mère qui avait tant espéré revoir son mari et ne connaîtrait jamais cette joie ou même ce triomphe : *Tu vois bien que j'avais raison de l'attendre (et, qui plus est, de l'attendre ici).* Johar repensait à la résignation de sa mère durant toutes ces années. Certes, elle avait connu de bons moments, mais le fond de sa vie était resté gris, comme le ciel d'Audierne traversé çà et là par des fulgurances de lumière rendues sublimes par la rareté de leur éclat. Quel dommage que ce couloir ne se soit pas ouvert dix ans plus tôt, au moins serait-elle morte dans les bras de celui qu'elle avait passé sa vie à attendre.

Johar regardait cet homme vivre, manger, boire, marcher sur la plage, parler au téléphone, elle retrouvait ses expressions, ses gestes, et il lui paraissait que le temps avait été aboli. L'enfant tapie au fond d'elle avait resurgi comme un diable sortant de sa boîte, mais cette enfant-là, même joyeuse, se retrouvait désormais prisonnière d'un corps trop vieux. Et cela n'était pas réversible. Il lui apparut clairement que si elle voulait continuer sa vie en phase avec sa propre temporalité, elle allait devoir s'éloigner de ce père ressuscité. Elle l'aiderait à effectuer toutes les démarches lui permettant de retrouver une existence légale, elle s'assurerait de sa capacité à se tracer un chemin dans ce monde ultra-technologique, puis elle rentrerait à New York auprès de ses cousins. Elle présenterait Paul à David, leurs caractères pourraient s'accorder. Grand-père et petit-fils à l'allure si semblable, cela les amuserait peut-être.

Elle était reconnaissante à Sam d'être entrée dans sa vie au bon moment. Sans elle, comment serait-elle parvenue à établir un lien entre une expérience dont elle aurait tout ignoré et le surgissement de ce fantôme ? Comment se serait-elle remise en perspective ? Comment aurait-elle su que son père n'était pas le seul à devoir affronter une époque étrangère ? Lorsqu'il aurait apprivoisé son aventure, elle lui parlerait de Nicola, qui avait dû traverser trois siècles. Peut-être y avait-il eu d'autres personnes, ailleurs dans le monde, revenues d'autres époques. Dans ce cas, cela finirait par se savoir. De tels événements ne pouvaient demeurer longtemps secrets. Elle demanderait à Sam de se renseigner. Ou mieux, elle se rendrait à Paris pour mener l'enquête avec elle. Ça lui ferait du bien de quitter quelque temps ce face-à-face avec ce père furieux.

Les souvenirs donnent au temps sa réalité (douce ou amère)

Paris, 20 mars 2025

– Ce dont souffre votre père, expliqua Mamouchka à Johar Stern lorsque Sam lui présenta enfin sa grand-mère, c'est de ne pouvoir partager ses souvenirs avec personne. La perte de ses proches, sa mère, votre mère, la plupart de ses amis, lui pèse. Comme cela nous pèse à tous, inévitablement, lorsque nous avançons en âge. Mais nous avons eu le temps de nous y préparer. À chaque deuil, le temps œuvre pour adoucir la vivacité de la douleur. Votre père doit les vivre brutalement, tous en même temps. Par ailleurs, il est seul. Rien ne peut apaiser une mémoire solitaire. Les souvenirs sont joyeux lorsqu'ils sont partagés, même lorsqu'ils touchent à des personnes défuntes. Nous aimons rappeler nos proches à notre mémoire, en parler, en rire. Nous aimons évoquer notre enfance avec d'autres de notre génération. Le drame de la vieillesse est moins la faiblesse croissante de notre corps que la perte de ceux qui sont susceptibles de porter avec nous les souvenirs. Quand on est obligé de les garder pour soi, les souvenirs forment comme un nœud impossible à desserrer. C'est pourquoi lorsque l'on vieillit seul (la contrepartie de la longévité est que l'on finit toujours par l'être), on ressent cet étranglement dans la gorge, suffocant, insurmontable.

– Comment faire ? fit Sam, épouvantée.

– Ne plus y penser. Oublier. Ne pas regarder en arrière, mais toujours devant soi. C'est à cette condition qu'avancer en âge devient supportable.

– Tu y es parvenue, toi ? demanda Sam, inquiète, à sa grand-mère.

– Bien sûr, c'est la seule manière de vivre joyeusement, répondit Mamouchka.

Puis elle reprit le raisonnement qu'elle exposait à Johar Stern.

– L'oubli est nécessaire et, lorsque le passé remonte sans autorisation, souvent la nuit, il faut le regarder tranquillement tout en tentant de penser à autre chose. J'ai eu beaucoup de chance de vieillir avec un enfant à mes côtés. Sam m'a offert une nouvelle jeunesse. Je devais penser à son avenir avant de ruminer mon passé. Ça a l'air d'une évidence mais votre père va devoir regarder devant lui pour continuer à avancer, et c'est l'une des choses les plus difficiles.

– Comment puis-je l'expliquer à mon père ? demanda la romancière.

– Aussi simplement que ça, répondit Mamouchka avec douceur.

– Il sera furieux. Il m'enverra balader.

– Sans doute, mais l'idée fera son chemin dans sa tête. De surcroît, contrairement aux personnes vieillissantes, votre père a un grand avenir devant lui. Il peut refaire complètement sa vie. Rester bloqué dans le passé serait idiot de sa part. Il finira par se détacher et reprendre son existence où il l'avait laissée. Bien entendu, il connaîtra des moments de tristesse, comme nous tous lorsque nous pensons à ce qui est perdu, mais il verra devant lui de quoi se réjouir.

– Vous parvenez vraiment à ne jamais évoquer le passé ? interrogea Johar.

– Il est impossible de refouler sans arrêt tous les souvenirs, bien des moments du présent nous rappellent le passé, reconnut Mamouchka, mais je ne m'attarde pas dans cette contrée. Encore une fois, Sam m'a ouvert le futur. Lorsqu'elle est née, j'avais un peu plus de cinquante ans et pas encore eu le temps de penser que je vieillissais. Elle m'a très vite été confiée, elle a été mon avenir toutes ces années et l'est toujours. Pour mes autres petits-enfants, je suis une grand-mère. C'est un peu lointain. Disons, distant. Et cette distance d'âge nous projette vers la fin. Sam m'a obligée à rester alerte, ouverte sur le monde et donc sur l'avenir. Je n'ai pas eu le temps de ressasser des souvenirs. Oui, j'ai eu bien de la chance. Vous êtes, Johar, exactement à l'âge où le basculement peut s'opérer. Si vous n'y prenez pas garde, vous allez laisser le monde continuer sans vous. Abandonnez le souci, même légitime, que vous vous faites pour votre père, oubliez un peu vos parents, et accrochez-vous à la vie. Vous avez une petite-fille à New York, m'a dit Sam. Partez. Votre père se débrouillera sans vous.

– C'est sans doute ce que je vais finir par faire car j'ai aussi la chance d'avoir des cousins qui partagent de nombreux souvenirs avec moi. Vous avez raison, plus rien ne me retient à Kermaz désormais. J'ai ce petit appartement à Paris, acheté quand j'étais jeune, avec l'aide de ma mère, après la publication de mes premiers livres. Je vais y demeurer quelque temps, ce sera comme un sas entre la solitude de Kermaz et l'énergie de New York. Je comprends bien ce que vous dites lorsque vous parlez d'un monde qui continue sans nous. Je le ressens déjà lorsque je marche dans les rues de Paris. Je vois la manière dont les jeunes prennent possession de l'espace. J'étais ainsi lorsque j'avais vingt ou trente ans. Sûre de moi. Contrairement à ce que mes romans répétitifs pourraient laisser croire, j'ai connu l'insolence de la jeunesse. J'arpentais la ville comme si elle était mienne. Aujourd'hui, j'ai beau connaître Paris par cœur, je vois qu'elle appartient à d'autres que moi. L'espace urbain ne fait que rendre palpable une manière d'être au monde. Au regard de cette nouvelle jeunesse, je commence déjà à m'effacer, je le sais, mais je ne suis pas inquiète pour moi. J'ai appris depuis l'enfance à contrer la mélancolie, je la transforme en roman, c'est une technique imparable. Pour paraphraser

Montesquieu, il n'est pas de tristesse que quelques heures d'écriture ne puissent dissiper. D'une certaine manière, je partage moi aussi mes souvenirs, même s'ils sont parfois tronqués, même si je ne sais rien des gens qui s'en empareront. Pour un romancier, le temps est malléable à l'infini. Le passé n'est pas plus difficile à atteindre que le présent ou l'avenir. Le temps du roman est cumulatif.

– Cumulatif ? demanda Sam, surprise de découvrir une nouvelle notion dans la conception temporelle de Stern.

– C'est une manière de dire que chaque individu est constitué de toutes les strates de temps par lesquelles il est passé. Schématiquement, pour penser en termes de blocs : l'enfance, l'adolescence, etc. Même si, en réalité, il est fait de chaque seconde de sa vie. C'est une des grandes différences entre la littérature et le cinéma. Le temps, au cinéma, en dépit des flashbacks, est relativement linéaire. En littérature, puisque nous avons accès au psychisme du personnage, nous pouvons l'explorer de manière verticale. Ce qui constitue le personnage, c'est l'ensemble des nappes de temps qui le composent. Le roman fore (dans la profondeur des couches de temps), tandis que le cinéma déploie une histoire. Bien entendu, nous trouverons de nombreux contre-exemples, certains romanciers ne forent pas et préfèrent raconter, tandis que certains cinéastes ont la capacité de cumuler les temporalités. Cette manière de puiser dans les strates temporelles de la pensée, c'est ce que j'appelle le « temps cumulatif ». Le personnage littéraire est à notre image.

Nous vivons perpétuellement dans l'ensemble de nos couches temporelles.

– C'est l'épaisseur de la vie selon Heidegger, fit remarquer Sam. Il ne considère pas le temps comme ce qui s'écoule, mais comme ce qui arrive. Il le pense à partir du futur. Pour lui, même le passé naît de l'avenir. Je pense que Mamouchka est comme Heidegger : l'anticipation du futur fait advenir le temps. C'est logique, l'avenir agrandit le temps. Ce temps cumulatif du roman, ce doit être cette épaisseur de la vie.

Non seulement chaque *Bermuda* faisait appel à des couches différentes de pensée mais les quarante *Bermuda*, posés les uns sur les autres, dessinaient un personnage (S., puis Salomé) riche de tous ses temps vécus. Sam avait furtivement pensé, aux premiers moments de l'annonce du retour du père, que cet événement mettrait un terme à ce projet littéraire. Bien entendu, il n'en était rien. Au contraire. La rupture totale causée par la résurrection relançait la narration d'une manière qu'il aurait été impossible d'imaginer. *Bermuda XLI* serait un événement. Ou peut-être *Bermuda XLII* si l'on considérait le temps d'incubation nécessaire à la fabrication d'une fiction.

Grâce à la présence de Johar, Sam avait l'impression que la famille bancale qu'elle formait avec sa Mamouchka était enfin complète : les trois générations étaient représentées. La romancière remplissait la béance laissée par l'absence de la mère. Un sourire flottait sur le visage détendu de Mamouchka. Johar Stern était le tiers qui lui permettait d'exprimer des pensées dont elle n'aurait pas voulu encombrer Sam. Parce que cette discussion sur le temps confinait avec l'absolu, elle répondit à Johar qui lui posait la question de Dieu :

– À la réflexion, je crois que nous *sommes* Dieu. Attention, je ne dis pas que nous sommes comme des dieux. Non, nous sommes Dieu. Nous détenons en nous-même notre propre énergie, notre propre immortalité, notre propre capacité de transformation. C'est nous qui décidons de ce que nous sommes sur terre, mais aussi de ce que nous serons après. Dieu ne nous transcende pas, il nous constitue. Nous sommes le Tout. Contrairement à ce que nous pensons, nous ne venons pas de rien, nous venons du Tout. Et nous y retournons. La manière dont nous avons cultivé notre esprit viendra enrichir ou pervertir ce Tout après notre mort.

Sam considéra sa Mamouchka avec surprise. Elle n'avait jamais parlé de cette conception panthéiste ou holistique avec elle. Lorsqu'elle était petite, sa grand-mère avait tenté de l'ouvrir aux cultures différentes. Certes, la famille ne manquait aucune des fêtes juives, mais il y avait aussi la messe de Noël et la lecture des Évangiles. Cette sorte de cosmos, qui se contenait en totalité en chaque point de lui-même, jamais elle ne l'avait évoqué.

Au moment de partir, lorsque Johar Stern fut sur le pas de la porte, Mamouchka la serra dans ses bras.

– Je connais la quête de ma petite-fille. Vous êtes arrivée juste à temps.

Éternité

Nous sommes le secret du temps d'après le temps. Nous sommes les pensées de toujours, les bonnes, les mauvaises, les joies et les peines. Nous avons enrichi peu à peu l'intelligence qui vous élève. Hélas, l'esprit se fait rare. Nous sombrerons pour peu que vous n'y preniez garde, vous sombrerez avec nous. Sauvez une âme, transformez le mauvais en bon, et vous nous sauverez tous.

Le temps est une histoire de conventions

Lorsqu'elle observait Nicola, Sam tentait d'imaginer ce que serait sa perte si elle se retrouvait projetée dans un futur de plus de trois siècles. Elle ne parvenait qu'à ressentir la douleur de l'errance. Pourtant le visage de la jeune Anglaise n'exprimait pas grand-chose d'autre que du plaisir et de l'étonnement. Sam interprétait cela comme une forme d'indifférence. L'adolescente n'avait guère laissé derrière elle qu'un vieux scientifique qui s'était la plupart du temps comporté en maître bougon. De surcroît, Isaac Newton n'était pas vraiment perdu pour elle. Son incroyable postérité prolongeait son existence au-delà de lui-même. Elle semblait heureuse de le retrouver sur internet, de connaître ses œuvres, sa vie longue et célébrée, sa fortune et son succès. Qu'il existe une unité de mesure à son nom la rendait extatique, même si elle ne comprenait pas complètement l'équation de la force symbolisée par N.

Nicola manifestait une certaine surprise à ce que sa

postérité lui soit venue des mathématiques, auxquelles il avait certes consacré son activité de professeur et son ouvrage majeur, mais qui n'habitaient pas son esprit au même titre que l'alchimie dont il se servait pour tenter d'atteindre Dieu.

« La terre est vivante, elle respire. » Newton en était si convaincu qu'il allait jusqu'à penser que les métaux pouvaient croître, à la manière des végétaux. D'où son acharnement à les transformer, en particulier le mercure censé contribuer à la création de la pierre philosophale. Il pensait qu'à force de relire ses trente Bibles différentes, la vérité de Dieu finirait par lui apparaître. Nicola n'avait jamais pensé autrement qu'à travers les aspirations, les convictions, la foi de Newton.

Nicola était facile à vivre, parce qu'elle était capable de se satisfaire de la moindre parcelle de bonheur qui lui était offerte. Un bout de tapis pour s'asseoir ou s'allonger, un coin de table, et surtout la douce chaleur harmonieusement diffusée dans l'appartement. Elle n'avait connu que le taudis humide en bordure de Tamise et l'appartement aux pierres glaciales de Trinity College. En contrepartie, il était presque certain qu'elle ne serait pas du genre à témoigner de l'affection. Elle était venue au monde en passagère et ne tentait de retenir ni le temps, ni les choses, ni les êtres. Sam savait déjà qu'elle ferait mieux de ne pas trop s'attacher à elle.

Si, dans un premier temps, Nicola avait été curieuse des objets en surnombre de la société contemporaine, des innovations technologiques, des inventions stupéfiantes produites en trois siècles, l'obsession permanente du temps, caractéristique des Occidentaux du XXIe siècle, la rendait perplexe. À son époque, les horaires étaient plus flous, on suivait la course du soleil, on parlait du matin et de l'après-midi, en référence aux repas. Les horloges existaient, quoiqu'en très petit nombre, mais elles n'avaient pas la même importance qu'aujourd'hui. Elles marquaient la richesse de leur propriétaire plus que la marche du temps. Dans la masure de ses parents, le temps n'existait pas. On était jeté dehors au petit matin et prié de rapporter quelques pièces à la tombée de la nuit. À Trinity College, la *little fellow* de Newton avait appris qu'il existait des heures et même des minutes, que l'on pouvait suivre au fil de la journée sur des objets précieux. Elle en avait fait peu de cas, ne voyant pas l'intérêt de savoir qu'il était quatre heures de l'après-midi plutôt que trois ou cinq.

Le regard de Nicola rendait palpable ce qui avait obsédé Sam depuis qu'elle était en âge de raisonner : le temps. Le passage des heures, des minutes semblait au cœur de la vie moderne. L'heure mesurait tout ce qu'un individu pouvait faire dans un créneau temporel donné, le but ultime étant d'en faire le plus possible, comme si l'on cherchait à bourrer de vêtements un tiroir. Benjamin possédait même une montre capable de lui délivrer l'heure au centième de seconde près. Nicola en riait :

– Le temps de regarder les chiffres et déjà ils sont devenus faux !

– Depuis ton époque, deux choses ont rendu le temps précis et nécessaire, lui expliqua Benjamin. La première vient de la machine à vapeur et de l'invention du train. Pour que les passagers ne manquent pas le départ de leur train, il fallait s'entendre sur des horaires exacts. Aussi, peu à peu, la notion d'heure (d'heures, de minutes et de secondes) s'est imposée. La deuxième est purement scientifique et liée à la mesure de plus en plus précise du temps. Jusque dans les années 1970, la seconde était une division. Elle se calculait à partir du temps de rotation de la Terre sur elle-même. Aujourd'hui, elle est le fruit d'une addition. Elle est construite à partir des neuf milliards d'impulsions de lumière par seconde de l'atome de césium. Une horloge atomique se décalera tout au plus d'une seconde tous les un million six cent mille ans. Ça nous laisse le temps de voir venir…

Nicola comprenait l'utilité de ces mesures et de ces conventions. Au début, elle trouva amusant de suivre les avancées de l'heure au fil de la journée, de respecter des horaires et même de ne pas être en retard à un rendez-vous. Puis toute cette précision lui parut fatigante et vaine, voire anxiogène. Pour Sam et Benjamin, comme pour tous les gens autour d'eux, les heures n'étaient jamais suffisamment rentabilisées. Nicola eut l'impression de n'avoir rien fait de sa courte vie, alors qu'elle avait pourtant travaillé depuis l'âge de cinq ans. Mais le fait est que ses journées avaient aussi été remplies de rêveries et d'attente. Lorsqu'elle prit conscience de l'emploi du temps surchargé d'un enfant normal de sept ans en 2025, elle se sentit un peu piteuse. Elle n'était pas allée en classe, n'avait pas joué avec des camarades, n'avait pas pratiqué de sport, ne s'était pas adonnée à une expression artistique, n'avait pas voyagé et était restée ignorante sur bien des sujets. Elle s'en ouvrit à Sam qui se mit à rire :

– Tu plaisantes ? Tu as fait mieux que d'aller en classe, tu as appris le latin et le grec, l'anglais et le français, la physique, la chimie, la biologie et les mathématiques avec un des plus grands savants de tous les temps.

– Je ne parle pas seulement de moi et de mes lacunes mais de la manière dont les parents remplissent leurs enfants de savoirs et d'expériences. Vous êtes l'objet de tellement d'attention…

– Ce que beaucoup d'enfants ne supportent pas, rétorqua Sam. Finalement, comme toi, j'ai eu la chance de ne pas avoir vraiment de parents, et même s'il m'a semblé que je manquais de cette attention dont tu parles, je vois bien qu'au bout du compte, nous sommes heureuses de n'avoir pas eu à subir la tyrannie de la performance. Tu demanderas à Benjamin, il a fait du judo, du foot, du théâtre, du dessin, du saxophone, du solfège, de l'athlétisme, des échecs, du tennis, du karaté et, pour finir, il ne lui reste presque rien de toutes ces activités. Alors je ne dirais pas que le temps de son enfance fut bien occupé. « Occupé », c'est certain, mais « bien », c'est discutable.

– Je vois ce que tu veux dire. On remplit les heures, les années, et on oublie à quoi elles ont servi. C'est un temps qui passe pour rien.

– C'est exactement ça, renchérit Sam en riant. Pourtant, d'un point de vue scientifique, Benjamin te dirait que c'est l'inverse.

– Pourquoi ?

– Parce que le temps dépend de la vitesse et de l'accélération à l'instant *t*. Le taux auquel il s'écoule diminue lorsque la vitesse augmente. À notre échelle, nous ne nous en rendons pas compte, car nous allons, de toute façon, trop lentement. Je te parle de grandeurs similaires à la vitesse de la lumière. Mais je pense que cette équation exerce quand même une certaine influence sur nos modes de vie.

– Pourquoi ?

– Parce qu'il ressort de ce lien causal que plus on va vite, moins on vieillit. En résumé, il ne faudrait jamais s'arrêter de courir !

– Ah, s'amusa Nicola, pour moi c'est l'inverse. Plus je

fais quelque chose vite, plus j'ai l'impression de n'avoir rien fait.

– C'est la sagesse même. Et tu as bien de la chance de ressentir cela profondément. Nous n'avons pas été éduqués pour prendre le temps, mais uniquement dans l'optique de ne pas le perdre.

Le temps est une expérience personnelle

Nicola avait beau partager nombre de ses réflexions avec son nouvel entourage, elle n'en était pas moins seule face à son passé perdu. Elle savait qu'elle continuerait de les intriguer, ces scientifiques qui ne voyaient en elle qu'un témoin de la vie du grand Isaac Newton, mais sa parole ne serait jamais que descriptive. Ce qu'elle ressentait au plus profond d'elle-même ne pouvait être partagé. Bien entendu, elle s'adapterait. Elle n'avait que dix-huit ans. Elle avait été chassée de chez elle à six ans, avait vécu dans les bas-fonds de Londres, avait dormi dans la rue ou sur la paille des chevaux. Elle était devenue un garçon, s'était faite à l'austérité de Cambridge et à la rigueur du collège. Elle avait assimilé de nouveaux langages, le latin comme les mathématiques, avait toujours su que cette vie-là prendrait fin à l'âge adulte. Elle avait redouté de devoir s'assumer en tant que femme. Le fait qu'elle ait été projetée dans un monde plus fluide, accéléré par les communications et les transports, n'avait pas suscité longtemps son effarement, tout au plus son étonnement, voire un certain soulagement. Il semblait plus simple désormais de ne pas être tout à fait dans la norme. Le maniement de l'ordinateur finit même par lui devenir familier. Elle s'adapta, une fois encore. Cet instinct de survie était constitutif de sa personnalité.

Mais elle savait aussi que les gens qui l'entouraient ne pouvaient atteindre son être profond. Isaac lui-même n'avait jamais soupçonné la crasse et la misère de son foyer d'origine. Benjamin, avec toute sa bonne volonté, ne ressentirait jamais la chaleur qui l'enveloppait lorsque Isaac allumait le four. Elle avait appris à distinguer les métaux à leur odeur lorsqu'ils fondaient. Elle pouvait reconnaître à l'oreille le niveau de fusion de chacun. Cela n'était pas communicable, bien sûr elle pouvait le leur dire, mais ils n'auraient pas pu ressentir la sécurité que lui offrait cette pièce, la quiétude qu'elle éprouvait à s'y trouver.

Benjamin lui fit rencontrer un spécialiste de l'œuvre et de la vie de Newton. L'homme la bombarda de questions. Mais elle en avait tout autant qui se bousculaient dans sa tête. Qu'était devenu Isaac après son départ ? Avait-il trouvé ce qu'il avait cherché ? Elle fut triste d'apprendre qu'il n'avait jamais tenté de reconstruire son laboratoire et qu'il avait abandonné définitivement l'alchimie. On ne connaît guère les détails de la vie de Newton au cours des deux ou trois années qui suivirent l'explosion, on sait seulement qu'il traversa une lourde dépression, au terme de laquelle il partit vivre à Londres et changea radicalement d'activité.

Une fois seule, Nicola fit une recherche sur la nature des dépressions, leurs causes, leurs manifestations et se demanda si sa propre disparition avait pu engendrer une telle tristesse chez Isaac. Elle tenta de se persuader qu'il avait dû faire face à l'effondrement de ses espoirs, qu'il avait compris la vanité de ses recherches car il ne pourrait jamais être l'égal de Dieu, que l'absence de sa petite personne ne pouvait expliquer un si grand désarroi. Et pourtant, elle savait que sous cette carapace sèche et peu démonstrative affleuraient une trop grande sensibilité, une tristesse inconsolable. Elle se sentit coupable de n'être pas restée à ses côtés. Avec elle, il n'aurait peut-être pas abandonné le grand œuvre, qui avait été la passion de sa vie.

Dans cette nouvelle configuration, Nicola n'était pas certaine de se sentir utile. Benjamin était très excité par les développements scientifiques induits par l'événement qu'elle représentait pour la communauté des chercheurs. Mais elle sentait déjà que sa présence pourrait troubler l'harmonie de son nouveau foyer. Du couple de ses parents, elle se souvenait des hurlements du père, des gémissements de la mère, des cris des bébés, un nouveau chaque année, du bruit des torgnoles et des lanières de cuir puis, lorsque tout cela s'était éteint, des lamentations incessantes de la mère sur la dureté de sa condition de veuve. Chez Benjamin et Sam, le calme qui régnait le soir lui semblait presque suspect. Elle aurait aimé rester là aussi pendant la journée, auprès de Sam et de Schrödinger, mais Benjamin ne l'entendait pas ainsi. Il la traînait chaque jour dans le RER, pour aller sur le plateau de Saclay. Il profitait des trajets pour lui offrir des leçons accélérées de physique. Nicola ne parvenait pas toujours à suivre mais n'osait guère protester. Benjamin comptait sur elle pour occuper une place importante parmi les chercheurs, et elle craignait de le décevoir. Elle ne comprenait rien aux nouvelles lois de la physique. Pour elle, une expérience était une chose concrète, observable, physique justement, de laquelle on pouvait déduire une loi, et non une vue de l'esprit que la réalité ne permettait en rien de confirmer ou d'infirmer. Benjamin ne renonçait pas à lui faire comprendre son sujet d'étude.

– La théorie des cordes est, comme son nom l'indique, un cadre théorique dans lequel les particules sont représentées par des objets unidirectionnels, des ondes, appelées cordes. Elle décrit comment ces ondes se déplacent dans l'espace et interagissent les unes avec les autres. L'étude de la lumière est très représentative car elle est à la fois constituée de particules, les photons, et d'ondes. La théorie de la gravité quantique allie la gravitation et la physique des particules, c'est pourquoi elle est candidate à la théorie du tout, ce modèle mathématique qui décrit toutes les forces et toutes les formes de matière. Il existe de nombreuses théories des cordes et toutes n'impliquent pas le même nombre de dimensions. Celle qui me préoccupe, c'est la théorie M-M comme Magie, Mystère ou Membrane, et tu verras que cette histoire de membrane est essentielle. Elle propose un univers en onze dimensions. Dans ce modèle, la théorie ne décrit pas seulement les vibrations des cordes mais aussi des objets très étendus qu'on appelle des « branes », aphérèse du mot « membrane », qui peuvent avoir entre deux et cinq dimensions. Une brane est dynamique et possède une énergie sous forme de tension sur son volume d'univers. Notre univers observable serait le volume interne d'une 3-brane, c'est pourquoi nous percevons un espace en trois dimensions. Dans l'hypothèse d'un univers branaire, un Big Bang jaillirait de la rencontre entre deux branes. Une D-brane est un sous-espace sur lequel sont fixées les extrémités des cordes ouvertes. Tu comprends pourquoi les cordes peuvent être reliées malgré de très longues distances. La membrane les relie et diffuse leurs vibrations.

Nicola tentait de se représenter des petites cordes accrochées à une membrane géante. Pourquoi pas, elle avait connu tant de choses étranges dans cette vie. Mais le chat de Schrödinger, à la fois mort et vivant, avait été le point de rupture de ce qu'elle était capable d'admettre.

– C'est normal que le paradoxe de Schrödinger te demeure inconcevable. Il l'est pour nous tous, c'est une expérience de pensée.

– C'est absurde, protesta Nicola, ça ouvre la porte à n'importe quelle affirmation.

– Non, au contraire, je vais essayer de t'expliquer la démarche de Schrödinger. Nous sommes aux débuts de la physique quantique. Niels Bohr a proposé des équations sur le fonctionnement de l'atome, notamment sur la manière concentrique dont les électrons tournent autour du noyau et sautent d'un cercle à l'autre en libérant une énergie qu'il nomme quantum. Il en déduit un certain nombre d'équations et de suppositions. Ces toutes petites particules pourraient connaître des états de superposition, être à la fois ceci et cela ; là et ailleurs. Ces lois quantiques sont inapplicables à des objets plus grands. Et c'est ce que montre Schrödinger avec son histoire de chat. L'expérience est la suivante : on met un chat dans une boîte avec une bouteille de poison. Un faisceau atomique a le pouvoir de détruire la bouteille, une chance sur deux. S'il y parvient, le poison s'écoule, le chat meurt. S'il n'y parvient pas, le chat est vivant. Tu actionnes le faisceau. Que se passe-t-il ?

– Soit il détruit la bouteille et le chat est mort, soit il ne la détruit pas et le chat est vivant.

– Soit le chat a la possibilité de connaître les deux états superposés, mort et vivant.

– C'est absurde.

– C'est une démonstration. Et tant que tu n'as pas ouvert la boîte, le chat est à la fois mort et vivant.

– Uniquement dans ton imagination, dit Nicola.

– C'est pourquoi on appelle ça une expérience de pensée.

– Je n'en comprends pas l'intérêt, soupira-t-elle.

– Schématiquement, cela signifie que les lois de la macrophysique ne sont pas compatibles avec celles de la physique quantique.

– Mais dans ce cas, c'est ce qu'on voit qui prime, non ?

– Non, le monde défie notre capacité de perception. C'est un monde essentiellement mathématique.

– Le monde de Newton était mathématique, lui aussi, mais, au moins, je le comprenais.

– Ta présence parmi nous relance, d'une certaine manière, le paradoxe de Schrödinger.

Nicola réfléchit et répondit :

– Tu veux dire que je pourrais être à la fois ici et là-bas ?

– C'est possible.

– Isaac a sombré dans la dépression. Sans doute m'avait-il perdue.

– Il a perdu son laboratoire et ses illusions, c'est un choc suffisant.

– Tu insinues que, dans un autre univers, sur une autre brane, j'ai pu partir à Londres avec lui.

– Pourquoi pas ?

– Mais je n'apparais nulle part dans sa vie londonienne.

– Tu as passé dix ans à ses côtés à Trinity College, sans être mentionnée nulle part. Ce n'est pas une obligation. Et puis, ce n'est pas complètement exact. Une femme est aux côtés de Newton, à Londres, quelques années plus tard.

– Oui, j'ai vu ça, sa nièce, Catherine.

– Tu as connu cette nièce ?

– Non, ça ne me dit rien. Mais je n'ai rencontré qu'une seule de ses sœurs, Hannah il me semble, et je ne me souviens plus de ses enfants.

– La nièce, Catherine Barton, a un âge qui correspond exactement au tien.

– Ça ne veut rien dire.

– Non, bien sûr, reconnut Benjamin, mais c'est une hypothèse.

– Et dans ce cas, le père de Johar Stern pourrait être à la fois mort et vivant.

– Peut-être.

– Ça voudrait dire que deux univers évolueraient parallèlement, celui dans lequel j'ai continué à servir Isaac, et celui dans lequel j'ai débarqué au XXIe siècle.

– Entre autres.

– Comment ça ? demanda Nicola interloquée.

– S'il peut y avoir deux univers, il peut également en exister d'autres, autant d'univers que de superpositions. Les chercheurs appellent ça le multivers.

– C'est impossible, c'est vertigineux, dit Nicola.

– C'est vertigineux, confirma Benjamin. Mais personne ne peut affirmer avec certitude que c'est impossible.

La vie est discontinue, la mort est hors du temps

Paris, avril 2025

Mamouchka mourut paisiblement, dans son sommeil. Sa femme de ménage la trouva inanimée un matin. Elle appela les pompiers, puis Sam, puis Serge, le seul fils, et enfin Sophie. Tous arrivèrent à peu près en même temps. Les pompiers confirmèrent l'évidence, et passèrent le relais à un médecin légiste tandis que Sam, sonnée mais bien présente, demanda s'il était possible de laisser sa grand-mère dans son lit jusqu'aux obsèques – il n'y avait nulle nécessité à la déplacer. Il sembla à Sam que, la veille encore, elle lui préparait les crêpes de la Chandeleur. Or, plus de deux mois s'étaient écoulés. On approchait de Pâques, un moment important pour Serge, dont l'épouse était très pratiquante. Sophie, elle, n'observait presque aucune fête à l'exception de la nouvelle année et de Kippour. Sam n'était sensible à aucune forme de religion. En cet instant, elle promenait un regard éperdu sur ce salon dans lequel elle avait passé son enfance. Pour la première fois depuis près de dix ans, elle eut envie de se réfugier dans sa chambre rose, de se mettre en boule sur le lit, de ne plus bouger. Elle tenta de se remémorer les maximes réconfortantes de Mamouchka, à commencer par celle-ci : « A réussi sa vie celui qui est parvenu à ressentir au fond de lui l'immense chance d'avoir vécu, et moi, j'ai connu la grâce de m'en rendre compte suffisamment tôt. » Elle se demanda si l'esprit de Mamouchka pouvait encore être dans l'appartement, si elle pouvait sentir l'immense chagrin qui submergeait sa petite-fille. Elle entendit dans un semi-brouillard Sophie dire qu'il fallait prévenir Natacha, et Serge protester qu'on l'informerait lorsque les obsèques seraient passées afin de ne pas prendre le risque de la voir débarquer. Du lointain de sa bulle, Sam en fut soulagée, elle n'avait aucune envie que l'hommage à Mamouchka se transforme en retrouvailles avec sa mère.

Son oncle Serge était un petit chauve nerveux, la cinquantaine bedonnante, que Sam peinait à relier à Mamouchka tant il était éloigné de sa légèreté et de sa grâce. Sa tante Sophie n'avait pas davantage hérité de son élégance mais au moins se souciait-elle de son apparence. Sophie avait le chic pour harmoniser les matières et les couleurs. Elle semblait toujours sortie d'une boutique de mode même si, pour l'heure, elle tournait en rond en se tamponnant les yeux.

– Arrête de bouger, gémit Serge, tu nous donnes à

tous le tournis. On n'a pas besoin de ça en ce moment. Asseyons-nous tous les trois, nous devons prendre une décision. J'en avais discuté avec maman, elle nous laisse le choix entre l'enterrement et l'incinération, « ce qui sera le plus pratique pour vous », m'a-t-elle dit.

Sam ne voulut pas en entendre davantage. Imaginer sa petite Mamouchka en train d'imaginer sa disparition la liquéfia. Ses chemisiers en dentelle, ses châles moelleux – elle avait été si coquette jusqu'au bout... Comment était-ce possible que ce corps, dont elle avait tant pris soin, soit livré au feu ou au pourrissement ? Comment déterminer le pire entre la décomposition lente, humide et froide ou la décomposition brutale, sèche et brûlante ? Sam s'était attendue à la tristesse, au chagrin, mais elle n'avait pas anticipé la vivacité de la douleur physique qui s'empara d'elle, de son ventre, de son thorax, de sa gorge, de ses yeux, comme si elle avait été passée au lance-flammes. Ça ne ressemblait en rien à ce qu'elle avait ressenti lorsque son père était mort, dix ans plus tôt. Certes, c'était un moment étrange. « Je n'ai plus de père », s'était-elle répété pour se forcer à y croire, mais, au fond, cette réalité demeurait assez vague. Là, ce n'était pas seulement flou mais irréel. Bien entendu, elle tentait d'écouter la petite voix qui lui disait à quel point Mamouchka avait eu de la chance de passer sans transition d'une bonne santé au trépas. Elle n'avait jamais eu besoin d'aide pour rien, toujours eu sa tête pour penser et ses doigts pour jouer du piano. Une chance, une chance, une chance. Ainsi parlait la raison de Sam, mais son cœur semblait se déchirer tant il la faisait souffrir, comment était-ce possible ? Sur le fauteuil d'à côté, Sophie s'était repliée elle aussi. Sans doute ressentait-elle une douleur analogue. Mais peut-être pas aussi vive que celle de Sam puisqu'elle se redressa soudain avant de déclarer :

– Il va falloir trier, on va partager toutes les affaires en trois. Sam prendra la part de Natacha. On ne va pas se disputer, n'est-ce pas ? Si ça ne vous dérange pas, j'aimerais bien prendre le grand vaisselier et la vaisselle. Toi, Serge, de toute façon, tu as déjà la vaisselle de tes beaux-parents, et Sam, tu t'en fiches, non ? Tu ne cuisines pas.

Sam peina à lever la tête. Comment Sophie pouvait-elle penser à la vaisselle ? Elle haussa les épaules.

– Je veux bien ses manteaux de fourrure aussi, de toute façon, plus personne n'en porte aujourd'hui. Sam, toi tu es tellement écolo, ça m'étonnerait que ça te manque.

– Non, confirma-t-elle de sa voix rauque.

– Tu ne veux pas ? demanda Sophie, surprise.

– Non, ça ne me manquera pas.

– C'est bien ce qu'il me semblait, reprit Sophie, soulagée. Je pense que ce serait bien que tu prennes le piano, tu es la seule à en jouer.

– J'aime bien le piano, il me rappelle des souvenirs, protesta Serge, et ma femme sait en jouer.

– Oh, ne fais pas ton mesquin, Sergio ! Ce piano,

Sam joue dessus depuis qu'elle est née. Franchement, il est déjà à elle, n'est-ce pas, ma chérie ?

Cette conversation provoqua chez Sam une crise de sanglots.

– Évidemment, s'empressa d'acquiescer le pauvre Serge.

Il ne pouvait s'empêcher de penser que ce quart-de-queue serait plus à son aise dans son appartement haussmannien plutôt que dans le petit nid de sa nièce mais ce n'était pas aujourd'hui qu'il allait faire des histoires. Désormais, il devait se comporter en chef de clan.

La tête entre les mains, Sam se répétait : *Je vais vivre dans un monde dans lequel Mamouchka ne sera plus*. Et cela lui paraissait invraisemblable. Ce qui se déroulait autour d'elle avait les contours non définis des rêves. Puisqu'elle était sommée de prendre position, elle réserva les deux clubs en cuir dans lesquels Mamouchka et elle fumaient parfois une cigarette, comme un pied de nez espiègle à la vie ; le tableau abstrait, peint par un artiste russe inconnu qui avait probablement cherché à imiter Kandinsky, un châle rouge vin et une bague en or volumineuse que sa grand-mère ne quittait jamais. Elle laissa tout le reste, bijoux, mobilier, bibelots, vêtements, à son oncle et à sa tante. Quelques semaines plus tard, bien après l'ouverture du testament (dans lequel la division en quatre parts égales les avait heurtés), lorsque Natacha, enfin contactée, aurait déclaré abandonner la totalité de sa succession à sa fille, Serge et Sophie trouveraient injuste de devoir se contenter, chacun, d'un quart d'héritage tandis que leur nièce profiterait d'une moitié pour elle seule. Sam songerait alors à la mise en garde de Mamouchka : « C'est ce que j'ai voulu pour toi. Ne cède pas devant leurs protestations. *Promets-moi.* » Quel sens de l'anticipation avait eu Mamouchka ! Bien sûr, Sam aurait été tentée de réviser le testament, de proposer une division en trois, mais elle avait promis à sa grand-mère de lui obéir. Elle se contenterait de leur faire remarquer qu'elle paierait 40 % de droits de succession tandis qu'ils n'en paieraient que 20 % et que c'était sans doute pour cela que Mamouchka avait voulu que sa part soit plus importante. Serge et Sophie ravaleraient leur rancœur. L'appartement, la maison provençale et le capital bien placé représentaient déjà une belle somme. Aucun des deux n'avaient jamais eu de difficultés financières, ils n'allaient pas s'abaisser à contester les dernières volontés de leur mère.

Le chagrin du deuil était tout aussi étranger à Benjamin qu'à Nicola. La petite Anglaise avait perdu son père très jeune, mais elle ne l'avait pas aimé, il avait représenté une menace pour le foyer et sa disparition avait été un soulagement. Benjamin avait perdu deux de ses grands-parents, qui vivaient l'un dans les Alpes du Sud, l'autre à Nice. Il avait entretenu avec eux des relations discontinues et, à leur décès, n'avait rien ressenti au-delà d'une tristesse d'usage. Il tenta d'épauler Sam autant qu'il le pouvait mais ne put s'empêcher de soupirer en voyant arriver le quart-de-queue, les deux clubs et la toile immense qui allait manger tout un mur du salon.

– Nous pourrions peut-être nous agrandir, suggéra-t-il.

– Agrandir la famille ? demanda Sam.

– Agrandir l'espace, s'empressa-t-il de répondre.

La question de l'enfant, qu'elle avait tant éludée du vivant de Mamouchka, lui brisait le cœur désormais. Ce bonheur qu'elle lui avait refusé était irrattrapable. Tout ce qu'elle n'avait pas dit, ou fait, ne serait plus jamais partagé avec Mamouchka. Chaque fois qu'elle y pensait, Sam avait l'impression d'arracher la croûte d'une blessure et de la refaire saigner. Il y avait, dans sa manière de revenir sans cesse sur ses manquements passés, une forme de masochisme, comme si le chagrin ou la culpabilité pouvaient l'aider à maintenir vivace le souvenir de sa grand-mère disparue. Benjamin n'avait pas d'indulgence pour ce type de complaisance. Heureusement, ne pouvant la comprendre, il ne la percevait pas. Il voyait la vie sous un angle pratique. Avec Nicola dans leur vie et la venue de meubles imposants, ils se trouvaient à l'étroit. Sam allait toucher une somme suffisante pour leur permettre de tripler leur surface, alors pourquoi s'en priver ? Sophie et son mari avaient racheté la maison du Midi et abandonné leurs droits sur l'appartement. Sam ne voulait plus s'y rendre et laissa

Serge se charger de la vente. Johar Stern l'aida à ranger dans des cartons la totalité de sa chambre d'adolescente et la mit en garde :

– Ne jette rien, tu risquerais de le regretter. Attends que le temps ait apaisé ta peine, attends de revenir sur terre. Tu feras de meilleurs choix. J'ai une cave vide et saine, tu peux y entasser tes affaires.

– Je donnerais la moitié de ce qui me reste à vivre pour la revoir ne serait-ce que cinq minutes.

– Je connais ce sentiment, dit Johar Stern.

– Elle m'a accompagnée dans tous les moments de ma vie et je n'arrive pas à croire que ce moment-là, le plus dur, le plus important de mon existence, je ne puisse pas le partager avec elle.

– Je connais ça aussi. C'est ce que nous éprouvons tous en perdant notre mère, de ne pouvoir être consolés par elle de la peine causée par sa disparition. Tu dois trouver en toi les ressources pour devenir ta propre mère.

Dès l'annonce du décès de Mamouchka, Johar avait compris pourquoi quinze jours plus tôt la vieille dame l'avait remerciée d'être arrivée au bon moment (elle aurait pu dire d'être arrivée *à temps*). C'était peut-être cela que Sam avait cherché, inconsciemment, en faisant des *Bermuda* son sujet d'étude : la possibilité de se reposer sur une « professionnelle » du deuil, c'est-à-dire une personne ayant passé sa vie à réfléchir à cette question.

– Lorsque tu analyses de quoi sont faits les moments de ton existence, tu prends conscience de la discontinuité de la vie, expliqua Johar à Sam.

Sam ne voyait pas en quoi on pouvait parler de « discontinuité ». Elle protesta :

– Ce que je sens, c'est que la mort m'a propulsée hors du temps. Comme si la frontière entre ici et l'au-delà était devenue poreuse. Une part de moi est partie avec Mamouchka, c'est pourquoi, désormais, j'ai l'impression de flotter dans cette vie. Mais « discontinue », je ne vois pas.

– Ta sensation est très concrète, je le reconnais. Ce dont je te parle est différent, ce n'est pas une sensation, c'est un fait que l'on peut même calculer.

– Ah ! fit Sam, soudain intéressée.

– Pose-toi la question : combien de personnes fréquentes-tu aujourd'hui que tu connaissais déjà lorsque tu avais dix ans ? Lorsque tu avais vingt ans ? Puis trente ans ? etc. Ce petit exercice te permet de déterminer les séquences de ta vie et les points de basculement. Quand, à tes connaissances de dix ans, tu réponds zéro, alors il y a rupture totale avec ton enfance, tu as perdu toute ta famille. Et cela arrive fatalement aux enfants uniques. Lorsqu'à vingt, tu réponds zéro, non seulement tu as perdu ta famille mais également tes amis de collège, de lycée ou de fac. Zéro, c'est très radical mais même lorsque tu réponds : moins de cinq personnes, c'est qu'il y a eu une certaine discontinuité dans ta vie, que ton entourage a vraiment changé. Parfois, cela s'est produit brutalement, à travers des disputes, des deuils. Mais cela peut être plus sournois, se faire sans que tu t'en rendes compte. À la faveur d'un nom familier qui resurgit, tu réalises que les gens qui t'entourent désormais n'ont plus rien de commun avec ceux que tu fréquentais voici cinq, dix ou vingt ans. Tu as cru que ta vie était linéaire. Lorsque tu prends de la hauteur, tu comprends qu'il n'en était rien. La vie est comme la pluie qui glisse sur un toit. Elle passe d'une tuile à l'autre, en avançant imperceptiblement vers le bord. Tuile après tuile, cercle après cercle, ton entourage change, c'est inévitable. Tu peux appeler ça le mouvement de la vie : ce n'est rien d'autre que de passer d'une discontinuité à une autre. Le temps est toujours présenté comme une ligne horizontale continue sur laquelle on place des points qui correspondent à des événements. C'est une convention commode pour saisir en un coup d'œil une chronologie, mais ce n'est pas ainsi que se déroule une existence et encore moins la façon dont fonctionne la mémoire. Tu as déjà vécu une première discontinuité en perdant tes parents, mais celle-ci, pour toi, est plus radicale. Elle te projette dans une nouvelle séquence de ta vie. Ce n'est pas qu'une fin, c'est aussi un commencement.

– Je comprends ce que tu veux dire, soupira Sam, mais qu'importent les mots que tu poses dessus, ils ne changent rien au chagrin. Que ce soit un commencement ne me console pas.

– Pour l'instant. Plus tard, tu verras. Comprendre est un premier pas vers l'apprivoisement. Apprivoiser la douleur est un grand pas vers l'apaisement.

Éternité

Si nous ne pouvons te penser, mon enfant, nous t'aimerons jusqu'au jour dernier où tu nous rejoindras, nous accueillerons ton âme et la chérirons comme la nôtre, ce qu'elle deviendra pour toujours. Nous sommes la pierre et le vent, la mer et les poissons, la terre et les vivants, les gaz et les liquides, les atomes et le vide. Tu découvriras toi aussi que ton temps d'en bas n'existe que pour vous, il faut un mouvement, une masse, un poids, une existence tangible pour créer le temps. Seul l'immatériel est éternité, mais l'immatériel, ce n'est pas rien. Nous nous sommes tellement trompés.

Toute relation a besoin du temps

Paris, mai 2025

Nicola aurait été bien en peine de donner son âge exact. Lui étaient demeurées inconnues autant l'année de sa naissance que sa date d'anniversaire. Elle s'était parfois interrogée, car Isaac était fier de partager le jour de sa venue au monde avec le Christ, bien que même sur cette question, les calendriers, julien et grégorien, ne se soient guère accordés. Elle aurait aimé, elle aussi, être distinguée par une date remarquable. Mais par sa mère, rien de tel n'avait jamais été mentionné. Elle se souvenait de la naissance de ses deux derniers frères, l'un en hiver, l'autre au printemps. Sans doute ses aînés auraient-ils pu l'éclairer sur sa propre apparition.

C'est Sam qui insista pour que Nicola soit examinée par un médecin, non pas pour connaître son âge mais pour s'assurer que ses dix années passées à côté d'un four à métaux n'avaient pas gravement compromis sa santé. Afin de justifier le peu d'informations médicales sur la patiente, Sam inventa une histoire de fille au pair anglaise, issue d'une famille pauvre, ayant grandi à proximité d'usines fabriquant des produits chimiques dans la composition desquels entrait une forte dose de mercure. Le médecin avait pris un air épouvanté avant de constater, prise de sang à l'appui, que l'organisme de la jeune femme semblait avoir été capable de rejeter quantité d'éléments toxiques qui avaient dû polluer son sang. Toutefois, l'analyse de quelques cheveux montra que si le premier centimètre proche du cuir chevelu était sain, plus on s'en éloignait, plus le taux de mercure atteignait des chiffres élevés. Le médecin prescrivit de nombreux examens complémentaires afin de déterminer si l'exposition aux vapeurs toxiques avait durablement altéré son organisme. Il n'en fut rien. Nicola paraissait avoir été mise au monde pour survivre à tout. « Une force de la nature », conclut le médecin au terme d'un parcours complet. Il confirma que dix-huit ans était un âge plausible pour cette jeune fille.

Élevée en garçon avec les seins écrasés, l'absence de modèle féminin et une nourriture peu abondante, Nicola avait poussé filiforme et androgyne. La vision permanente des corps était sans doute ce qui la fascinait le plus dans le monde du XXIe siècle. Avec les premières chaleurs, les touristes montraient leurs mollets et leurs genoux, les adolescentes leur nombril, leurs cuisses, les femmes en âge d'être grand-mères dévoilaient leur poitrine ou leurs épaules. Nicola ne savait où donner de la tête, les affiches des abribus, les unes des magazines ou les couvertures des livres, tout exhibait une nudité triomphante. Lorsque Sam lui proposa d'essayer une de ses robes, Nicola prit cela pour un jeu, se pavanant dans l'appartement pieds nus et court vêtue comme Bardot dans un film de Vadim. Elle pouffait de rire chaque fois qu'elle passait et repassait devant le miroir.

– Je ne pourrais jamais mettre ça dans la rue, s'esclaffait-elle dans un français qui devenait très correct, montrant chez elle une vivacité d'esprit peu commune.

Schrödinger se frottait contre ses jambes nues lorsque Benjamin surgit dans l'entrée. Il resta médusé devant le spectacle de cette brindille blonde, sautillante et délicate.

– C'est quoi, ce bazar ? cria-t-il à Sam. Ça t'amuse de la déguiser ?

Benjamin semblait devenu fou, les deux filles cessèrent immédiatement de rire. Sam haussa les épaules :

– Qu'est-ce que tu vas chercher ? Et si Nicola a envie de porter une robe, en quoi ça te regarde ?

– Tu vois bien que ça ne lui va pas du tout, ces trucs de filles ! répliqua-t-il sèchement.

– Mais Nicola *est* une fille, insista Sam. Et même une très jolie fille.

– Ah, tu trouves ? fit la jeune Anglaise en s'esclaffant dans sa main.

– Non, mais tout cela est ridicule, grommela Benjamin.

– C'est toi qui es ridicule, protesta Sam. Qu'est-ce que tu as depuis quelque temps ? Je ne te reconnais plus.

Benjamin la regarda, interloqué. Il vit que Sam était sur le point de pleurer, il s'en voulut de sa brutalité.

– Excuse-moi, chérie, dit-il en l'embrassant. Après tout, tu as raison, Niki fait ce qu'elle veut.

La jeune fille était déjà partie se changer. Elle voyait bien ce que Benjamin entendait par « déguisement » puisqu'elle avait ressenti la même chose. Elle comprenait que ça le choque. N'avait-il pas partagé en frère tout ce qu'il possédait ? Son foyer, sa femme, son chat, son travail, ses collègues ? Il ne s'attendait pas à ce qu'en retour, elle joue la coquette. Elle ne s'était pas comportée en bonne camarade. Isaac non plus n'aimait pas qu'elle se fasse remarquer. Elle s'excuserait autant qu'elle le pourrait et ne recommencerait jamais à sortir du rôle d'assistante que les grands physiciens aimaient la voir tenir.

Pour Sam, la soirée était perdue, elle n'avait plus envie de préparer un dîner.

– On n'a qu'à commander sur internet et se faire livrer, dit-elle.

Benjamin était désolé de sa réaction. Il ne s'était jamais considéré comme un homme machiste ou dominant ou même viril. Ses ambitions n'avaient jamais dépassé le domaine scientifique. Pour lui, les femmes n'étaient pas des objets de conquête, et surtout pas des objets tout court. Pourquoi avait-il été si choqué par la tenue vestimentaire de sa protégée ? La robe à fleurs de Sam n'avait rien d'indécent. Des filles à peine pubères, vêtues de manière beaucoup plus aguicheuse, il en croisait tous les jours sans que cela le fasse le moins du monde sourciller. Sam avait raison, lui-même ne se reconnaissait plus. Était-ce le surgissement d'une jeune femme au charme étrange au milieu de leur existence ? La disparition de Mamouchka qui lui donnait une responsabilité supplémentaire ? L'importance prise par Johar Stern dans la vie de Sam depuis son séjour en Bretagne au début de l'année ? Tout cela avait été si concomitant qu'il lui était difficile de déterminer ce qui venait en premier. Peut-être tentait-il de se voiler la face, de se dire qu'il n'était pas le seul responsable de l'ébranlement de leur couple. Car, au fond, s'il refusait de regarder en face son attirance pour Nicola, c'est qu'il ne comprenait pas ce qu'il pouvait lui trouver de plus qu'à Sam. Elle était moins jolie, moins pulpeuse, moins drôle, moins vive, moins piquante, moins féminine. Mais à cela, il devait reconnaître qu'elle était plus androgyne, plus mystérieuse, plus diaphane. Lorsqu'il réalisa qu'elle ressemblait à ce jeune garçon, Tadzio, dans le film de Visconti, adapté du roman de Thomas Mann, *Mort à Venise*, il comprit à quelle tentation il cherchait à échapper. Pourtant, il n'avait jamais éprouvé la moindre attirance homosexuelle. Des hommes avaient essayé de l'approcher lorsqu'il était plus jeune, il avait fui. Nicola était l'éphèbe dont n'importe quel homme aurait pu rêver pour assouvir un fantasme sans avoir l'impression de changer d'orientation sexuelle. Voilà ce qui, en cet instant, l'épouvantait. Et sans doute cette sensation avait-elle été renforcée par le fait que Nicola était ouvertement fascinée par la féminité de Sam. Le regard qu'elle portait sur Benjamin n'était rien de plus que de la reconnaissance. Le physicien n'avait que faire de cette gratitude, il aurait voulu devenir le centre de sa vie, être admiré. En secret, il aurait voulu qu'elle le considère comme un nouveau Newton.

Au lieu de cela, dans le sillage de Sam, Nicola était happée par l'horrible Johar Stern, ses quarante livres affligeants, son père revenu du Triangle des Bermudes, et ne s'intéressait que très modérément à sa théorie du tout. Elle l'avait écouté retracer l'histoire de la physique moderne depuis Newton et en avait déduit que cette quête éperdue de l'explication globale de l'univers, de la vie et du temps était vaine. Cela mettait Benjamin hors de lui. Il est si facile de renoncer, si difficile de s'entêter malgré les obstacles et les échecs. Quelqu'un, un jour, découvrirait l'équation absolue, pourquoi pas lui ? Si toute l'humanité s'était résignée à ce que rien n'évolue jamais, elle vivrait encore dans des grottes, mangerait de la viande crue et volerait le feu à son voisin. Il existait forcément une clé expliquant le « pourquoi » de l'univers ou, à défaut, l'ensemble des « comment » – ce serait déjà un bon début. Et lui, Benjamin Bruder, apporterait sa pierre à l'édifice. Quant à Nicola, il ne se résignerait pas non plus à être déçu par elle. Viendrait le temps où elle se lasserait des robes, des affiches publicitaires, des âneries sur internet, elle l'assisterait dans ses recherches, voire le précéderait. Il en était certain : cette fille était une des rares personnes capables de poser les bonnes questions. Et, à partir de là, ensemble, ils trouveraient les réponses. Nicola était faite pour la physique et c'était lui qui l'avait trouvée. C'était un signe. Cette rencontre ne pouvait pas être dépourvue de sens. Avec le temps, leur collaboration mènerait bien quelque part. Benjamin avait beau ne pas être religieux, ni même très croyant, il était convaincu d'une cohérence du monde physique : tout cela devait s'ordonner pour atteindre un objectif, mais lequel ?

Le temps apaise les peines

Kermaz, juin 2025

Pour pouvoir restaurer officiellement son identité, Paul de Kermazec prit rendez-vous avec l'ancien maire de sa commune, qui venait seulement de prendre sa retraite à plus de quatre-vingts ans, et avec lequel il avait été en classe dans les années 1950.

– Paul de Kermazec ? Non, j'y crois pas !

Bedonnant, le sourire large et le rire aussi gras que son tour de taille, Pierre-Yves Le Gall n'était pas loin de se taper sur la panse. Quelques souvenirs communs, une partie de billes qui s'était mal terminée, une brosse à ardoise jetée à la tête d'un prof, un garçon à lunettes qui avait été leur tête de Turc et les filles qu'ils avaient draguées ensemble eurent vite raison de son scepticisme.

– Ça alors, quelle histoire ! Tu nous as bien manqué, mon gars. À peine t'avais disparu qu'on a enterré ta mère. Et ta femme qui a vécu là toute sa vie à t'attendre.

Convaincue que tu reviendrais. Là, je regrette de lui avoir dit qu'elle était dingue de croire un truc pareil. Je suis désolé qu'elle soit pas là pour voir ça ! Elle en serait pas revenue elle-même. Bien sûr que je vais te redonner des papiers. Mais bon, avec ta date de naissance, ça va être compliqué de mettre ta photo. Ou alors il faut rendre ton histoire publique.

– Tu es fou. Personne ne me croira.

– Je t'ai bien cru, moi !

– Ce n'est pas pareil, il y a trop de détails que je connais sur ta vie pour que tu puisses douter.

– C'est vrai. Même le trou dans la porte de ma chambre qu'on a fait en jouant aux fléchettes. On était que tous les deux et j'ai jamais rien avoué, pas même à mes parents. Moi je connais quelqu'un qui te croira, c'est Coudurier, au *Télégramme*.

– Jean-Pierre Coudurier ? Le patron du *Télégramme* ? Il est toujours en poste ?

– Mais non, son fils Hubert. C'est un ami. Lui et son frère Édouard ont pris la suite du journal. Hubert peut te faire un entretien aux petits oignons, une enquête du tonnerre, tonnerre de Brest évidemment (À cette sortie, Paul reconnut son vieux camarade facétieux) et te réhabiliter. Tu seras le miraculé des Bermudes, le mec qui a été retenu prisonnier dans la spirale du temps pendant cinquante ans. Ça va faire du bruit, je t'assure, et pas qu'à Landerneau.

– Je ne suis pas certain d'avoir envie de me faire remarquer à ce point, je…

– Je ne pense pas que tu aies le choix. Si tu veux pouvoir reprendre une vie « normale », tu ne peux pas faire semblant. T'as manqué quelques épisodes, mon gars, et ça, pour retrouver du boulot, c'est pas évident. Alors que le type qui a survécu aux Bermudes, ça peut être une bonne histoire. D'ailleurs, ça lui plairait peut-être à Hubert de l'écrire, ton histoire. Ça se vendrait bien.

– Franchement, je n'ai pas envie qu'on écrive mon histoire. Ma dingote de fille en a déjà ressassé quarante versions, de mon séjour dans les Bermudes.

– Ça, c'est pas faux. Mais le dingue, c'est l'éditeur. Je comprends pas qu'un professionnel accepte de republier toujours le même livre. En tout cas, si tu essaies de reprendre ta place en catimini, ça marchera pas avec une date de naissance comme la tienne. Ou alors, il faut te faire faire de faux papiers. Je peux trouver une filière.

– Eh bien, dis-moi, il est beau, le service public !

– Justement, c'est pour ça que je connais les bonnes personnes, j'en ai démantelé, des réseaux de faussaires !

– Tu vis dans une drôle d'époque !

– Je te le fais pas dire. Pour ma part, je ne suis pas mécontent de la quitter bientôt. Attention, j'ai aimé la vie, hein ! Et je l'aime toujours, mais là, je n'ai plus trop envie de connaître la suite. Et si je peux me permettre, finalement, je n'aimerais pas trop être à ta place. Au moins, les gars de trente ans, ils ont eu le temps de s'habituer. Ils sont nés avec les emmerdes. Alors que nous, on était sur l'autoroute et pas n'importe laquelle, celle des vacances, celle qui va vers le sud ! Maintenant, les chemins, y sont pleins de cailloux. Mais si je peux t'aider, pour le temps qui me reste, c'est volontiers. D'autant que des gars de notre génération, il n'y en a plus beaucoup, et même, pour ainsi dire, pas. Ça me fait du bien de discuter avec un pote. Ah, toutes les conneries qu'on a faites ensemble ! Kermazec. De Kermazec ! Ton nom d'aristo, ton château, ta bonne éducation, ça nous a pas empêchés de faire les quatre cents coups !

Paul n'avait pas le souvenir d'avoir été dévergondé à ce point. Au contraire, il ménageait sa veuve de mère, droite dans ses jupes et méritante. Le gros Pierrot était en train de se refaire un passé de boute-en-train alors que Paul se souvenait d'un garçon certes espiègle, mais relativement peureux. Pour autant, ce n'était pas le moment de le contredire. Il avait besoin de ce soutien enthousiaste. Lui-même ne l'était guère. Ce deuxième morceau de vie méritait-il tout ce tracas ? Rencontrerait-il une nouvelle amoureuse qui saurait le faire vibrer et lui donner envie de reconstruire une famille ? Mais était-il encore opportun de mettre des enfants au monde dans ce grand bazar ?

Il s'en voulait d'être déçu par sa fille, son joyau, sa perle. Il tentait de se convaincre qu'elle aurait pu évoluer beaucoup plus mal : devenir une de ces Américaines riches et futiles, parlant fort avec une voix de canard, ou une femme d'affaires juive new-yorkaise, cynique et sèche, ou même une bourgeoise bretonne, entourée de gamins en short été comme hiver. Tout compte fait, une écrivaine solitaire et discrète, ce n'était pas si mal, se répétait-il. Physiquement, le premier choc passé, elle était plutôt bien conservée et élégante. Il fallait seulement qu'il s'y fasse. Il regrettait son attitude déplaisante des premiers jours. Il regrettait surtout de l'avoir fait fuir. Il se sentait seul dans cette maison. Il lui écrirait, il essaierait de se faire pardonner. Il lui dirait : « Je suis fier de toi », car n'est-ce pas ce que les filles attendent de leur père : l'expression de leur fierté ?

Depuis qu'il était rentré chez lui, Paul de Kermazec n'avait pas voulu prendre le temps de penser à ce qui lui était arrivé. De son point de vue, il ne s'était rien passé, à peine un coup de vent qui avait déplacé le bateau un peu vite, sans qu'il s'en rende compte. Et à l'arrivée, le monde avait changé. Il avait tenté de s'y intéresser en lisant les journaux et surtout en regardant les nouvelles à la télévision. C'était terrifiant. Comment les joyeuses années 1970 avaient-elles pu accoucher de ces atrocités ? Les juifs étaient de nouveau pris pour cible. Et alors quoi, se dit-il, le monde sera-t-il meilleur lorsqu'il se sera débarrassé de ses juifs, en sera-t-il soulagé ? Avec son nom, Paul de Kermazec ne risquait pas grand-chose mais il avait vécu dans la famille, juive américaine, de sa femme, et sa fille signait Stern. Pour oublier son anxiété, il se concentra sur des éléments qu'il pouvait maîtriser. Il se mit à l'informatique avec succès. Ayant jadis manié des technologies de pointe pour la navigation, le fonctionnement d'une nouvelle machine ne lui posait pas de problème. Ainsi trouvait-il le principe de la Toile incroyablement innovant et porteur, et était-il fasciné par ce système capable de relier des êtres en direct de n'importe où sur la planète. Toutefois, après quelques heures de navigation numérique, il dut reconnaître qu'il ne comprenait pas l'objectif d'un tel déploiement de moyens. Les quelques applications intéressantes étaient noyées sous les messages publicitaires, les fausses informations, les jeux, les invectives sur des sujets politiques entre personnes pareillement ignorantes, les discussions plus vaines les unes que les autres. Il se demanda comment une telle technologie avait pu être vouée au néant, comment, en cinquante ans, l'humanité avait pu renoncer à des siècles de progrès intellectuel. La population avait doublé et plus rien ne paraissait obéir au moindre bon sens.

Paul se souvenait d'avoir été à la pointe du progrès, un type d'avant-garde ou, à défaut, moderne, alerte, en avance, fustigeant les discours passéistes. À l'époque, il ne trouvait pas pertinent de dire que c'était mieux avant, car avant, c'était la guerre, la barbarie, les privations, la pauvreté, le tiers monde. Aujourd'hui que la terre était revenue au temps de la guerre, de la barbarie, des privations, de la pauvreté et des pays défavorisés que l'on n'appelait plus tiers monde, il se sentait en deuil des années 1970, voire des années 1980 ou 1990 qu'il n'avait pas vécues.

Pour se rassurer, il tentait de se convaincre que s'il ne parvenait pas à s'adapter à cette nouvelle époque, il pourrait toujours la quitter. Après tout, il n'avait pas signé pour vivre une pareille aventure. Mais il savait déjà qu'il n'en ferait rien. Le suicide retirerait tout sens à son incroyable résurrection. Non, malgré les difficultés, il devait aller au bout de son destin pour comprendre pourquoi le sort l'avait choisi, lui.

Peu à peu, il se résigna à se rendre à Paris. Il avait vu quelques films français sur internet et se rassurait en se disant que les bâtiments, les places, les rues avaient dû peu changer. De toute façon, ce n'était pas sa ville. Il était passé sans transition des cités bretonnes, Audierne, Quimper, Rennes, Lorient, à New York. Il devrait pouvoir absorber le choc.

– Mais c'est une excellente idée, papa ! s'exclama Johar lorsqu'il lui en parla au téléphone.

– Ma perle, la reprit Paul, déconfit, je ne suis pas certain que de m'appeler papa va m'aider à trouver ma place dans ce monde. Je sais que, pour toi, je n'ai pas changé et je connais la cruauté de ce que tu as vécu, je m'en veux d'avoir été brutal en te retrouvant, mais tu peux comprendre ma stupeur, enfin ce que je veux dire, c'est que la perle que j'ai quittée avait huit ans, je la faisais sauter en l'air et jouer au croquet dans le jardin. Je ne peux pas être le père d'une femme qui a quasiment l'âge d'être ma mère. Il y a trop d'écart entre nous. Mais je peux essayer d'être un compagnon tendre et gentil pour toi, bienveillant. En retour, j'ai besoin aussi de ta bienveillance, tu es ma seule famille en ce monde.

C'était subtil, ce retournement, cette manière de se placer, comme un fils, sous une protection qu'elle ne pouvait lui refuser, ne serait-ce que par fidélité à l'enfance, à sa mère également, qui n'avait jamais cessé d'espérer.

– Viens à Paris, mon appartement n'est pas très grand mais il dispose d'une chambre pour t'accueillir, je dormirai sur la mezzanine, c'est agréable aussi de voir le ciel de son lit par la lucarne. Tu sais que ton entreprise, Belocéan, existe toujours et que son siège social est en proche banlieue ? Si tu parviens à retrouver un collègue de ton époque, même retraité, tu peux remonter jusqu'à la DRH et être réintégré dans l'entreprise. Après tout, ils ont toujours besoin de bons architectes marins.

– Les techniques ont tellement changé, je ne parle pas seulement des matériaux qui composent les bateaux ou des ordinateurs de navigation. Rien que pour dessiner, il existe aujourd'hui des logiciels. De mon temps, on faisait ça à la main, sur des calques avec des Rotring. Je suis complètement dépassé.

– Ce n'est que de la technique. Une bonne formation t'en apprendra le maniement. L'idée procède toujours d'un esprit créatif. Il n'y a pas de raison que tu l'aies perdu. Et puis, c'est à eux de trouver une solution. Après tout, ta disparition s'est produite dans un cadre professionnel.

Paul se sentit régénéré. Sa fille avait raison. Il demanderait à Pierrot, son vieux pote, l'ancien maire, qui avait attesté son identité auprès de l'administration, de l'assister dans son processus de réhabilitation. Paul avait toujours adoré son travail. S'il parvenait à le réinvestir, il était sauvé. Blaise Pascal avait raison : « Le temps guérit les douleurs et les querelles. » Parce qu'on change, expliquait le philosophe. De cela, Paul n'était pas certain. Il se sentait tout à fait le même. C'est ce qui gravitait autour de lui qui avait changé.

Toutefois, les jours passant, il se dit qu'il y avait un peu de vrai dans la phrase de Pascal. Il commençait à changer. Il était parti homme responsable, mari et père. Il percevait désormais la légèreté inhérente à sa nouvelle solitude. Il ne se sentait plus responsable de rien, et c'était bon. Il pouvait vivre sa vie de la sorte, désormais. Il dessinerait des bateaux et profiterait de chaque instant. Heureux, il eut envie d'appeler sa fille pour le lui dire, mais il venait de lui parler, il ne voulait pas avoir l'air de dépendre d'elle. Tout cela était si nouveau pour lui, cette liberté, cette joie, oui, cette joie, il devait l'admettre : il était heureux d'avoir la vie devant lui.

Être de son temps est une appartenance qui se construit

Paris, septembre 2025

Paul et Nicola avaient surgi dans ce présent depuis plus de six mois et rien, dans les médias, ne laissait penser qu'il y avait eu d'autres « revenants ». Mais il faut dire que, de leur côté non plus, l'affaire n'avait pas été ébruitée. Les scientifiques étaient coutumiers du secret et n'avaient eu aucun mal à se saisir du sujet « Newton » en gardant pour eux l'étrangeté de la situation. À Kermaz, l'employé municipal qui avait établi les papiers d'un Paul-Marie de Kermazec, né en 1989, demeurait convaincu qu'il s'agissait d'une lubie de l'ancien maire pour légitimer un clandestin. Il avait gardé le silence et, pour finir, avait oublié l'incident. Au siège de Belocéan, le patron, contacté par Johar Stern avant l'été, était resté sceptique. Il connaissait bien cette histoire. Il avait dix-sept ans à l'époque du drame et effectuait un stage d'été auprès de son père qui avait créé l'entreprise vingt ans auparavant. Depuis, il avait suivi, médusé, les différentes parutions des *Bermuda*. Par fidélité mémorielle (son père était décédé l'année précédente), il accepta de recevoir Paul de Kermazec.

Il fut immédiatement saisi par la ressemblance. Il se souvenait fort bien du physique de cet aventurier, sa photo avait été diffusée tout l'été 1975 et lui-même avait constitué une sorte d'album dédié au salarié disparu, composé de coupures de presse, de photos d'entreprise, de documents de travail lui ayant appartenu. Le nouveau Paul de Kermazec ressemblait à s'y méprendre à l'ancien. Il avait appris que Johar Stern avait un fils du même âge. Sans doute était-ce un stratagème pour le faire engager dans la boîte sans diplôme. Il se permit de mentionner l'existence de David, à quoi son grand-père répondit qu'il était musicien de jazz, parlait à peine le français et détestait la voile.

– Je comprends votre incrédulité, reconnut Paul de Kermazec. Si ce n'était pas moi, je n'y croirais pas moi-même. J'ai bien connu votre père, poursuivit-il. Je me souviens de vous, lorsque vous étiez enfant. J'ai séjourné plusieurs fois dans votre maison des Landes. Ma chambre donnait sur la pinède. Un été, elle a brûlé, vous étiez encore petit, mais peut-être vous souvenez-vous de l'affolement qui régnait dans la maison. Nous avions trempé des serviettes dans la baignoire puis les avions roulées sous les portes et tout autour des fenêtres. Vous et votre petite sœur étiez tétanisés. Votre mère chantait des cantiques et, lorsque les pompiers étaient venus, à temps, à bout de l'incendie, vous m'aviez dit que c'était grâce aux prières de votre maman.

Le visage du P-DG de Belocéan devint pâle et ses yeux s'emplirent de larmes. Sa mère et sa sœur étaient mortes en 1980 dans un accident de voiture. Il avait vingt-deux ans et ne s'en était jamais remis, d'autant que son père s'était remarié l'année suivante avec sa secrétaire.

– Elles nous ont quittés prématurément toutes les deux, dit-il très vite. À part vous et mon père, personne ne peut se souvenir de cet épisode. Je ne demande qu'à vous croire. D'autant que j'aime l'idée qu'il demeure une personne en ce monde pour se souvenir avec moi de mon enfance. Je pense qu'il va vous falloir quelques formations pour vous familiariser avec l'informatique et connaître l'évolution des bateaux de course et de plaisance au cours de ces cinquante dernières années. Nous allons commencer dès cet été. Vous allez voir, c'est plutôt solide. Mais vous vous y ferez très bien. Mon père disait toujours que vous étiez le meilleur : meilleur concepteur de bateaux, meilleur marin, meilleur ami. Il me semble difficile d'expliquer qui vous êtes au personnel. Bien sûr, vous pouvez garder votre nom, les employés n'ont pas en tête l'histoire de l'entreprise. Toutefois, nous éviterons de faire allusion au passé devant eux. Mais, entre nous, conclut-il, enfin hilare, bienvenue à la maison, Paul !

Johar Stern avait laissé son appartement à son père durant l'été, qu'elle avait passé outre-Atlantique avec ses cousins. À son retour, elle retrouva un homme de son temps, de ce nouveau temps. Il maîtrisait les nouvelles technologies, savait se servir d'une palette graphique et connaissait les performances des voiliers qu'il lui faudrait concurrencer. Il avait belle allure, portant fièrement ses trente-six ans, avec cette façon d'être un homme, c'est-à-dire quelqu'un capable de mettre une cravate, de se raser et d'assumer des responsabilités d'adulte, toutes choses que ses congénères avaient oubliées depuis longtemps, traînant leurs pantalons oversize, leurs barbichettes désordonnées et leurs queues-de-cheval un peu grasses comme s'ils n'aspiraient qu'à s'affaler de nouveau sur le canapé parental. Cette façon d'être, si différente, si démodée, lui valut un immense succès auprès des stagiaires d'été, des nouvelles recrues et des touristes croisées le soir dans les bars. Il n'avait jamais connu cette insouciance. À quinze ans, il s'était entiché de la mère de Johar, l'avait épousée à vingt-cinq après avoir travaillé dur pour se faire une place au sein de Belocéan. Il était devenu père à vingt-sept. Il n'aurait pas pu parler de liberté retrouvée, puisque, de liberté, il n'en avait jamais eu, soumis qu'il avait été à sa mère veuve et à l'image d'homme qu'elle projetait sur lui. Parfois, il feuilletait les albums photo de ces années manquées, observant le vieillissement de son épouse et se demandant s'il aurait été capable de vivre à ses côtés. L'aurait-il aimée jusqu'à la fin ? Honnêtement, il n'en était plus si sûr.

Il commençait à apprécier cette nouvelle époque. Autour de lui, les gens n'allaient pas très bien. Beaucoup se plaignaient de leur impossibilité à consommer autant qu'ils l'auraient voulu. Paul était surpris car tous possédaient tellement plus que ce qu'il avait connu dans sa jeunesse. Ils se disaient angoissés par le réchauffement climatique. Paul ne comprenait pas leurs craintes car la planète ne risquait rien, elle s'adapterait comme elle l'avait toujours fait au fil des ères glaciaires et des réchauffements. Si la planète ne risquait pas grand-chose, l'humanité était en danger, ça oui. Mais il ne parvenait pas à s'en émouvoir. Lorsqu'il avait quitté ce monde, quatre milliards d'humains arpentaient la planète. À présent, il y en avait huit. Il ne lui paraissait pas regrettable que ce chiffre puisse redescendre à un niveau plus acceptable. Il avait été, en revanche, catastrophé d'apprendre l'existence du « continent de plastique » dans le Pacifique. Et tout autant de découvrir la menace pesant sur les grands mammifères d'Afrique. Crétins d'humains, pensait-il. Cela corroborait son idée que la disparition de la moitié de l'humanité ne pourrait être que bénéfique pour la nature. En bon marin, il avait toujours été un peu misanthrope. Il ne détestait personne spécifiquement mais se méfiait de tous en général, surtout lorsque ces gens tendaient à se regrouper.

Ainsi, l'inquiétude de l'humanité pour elle-même le laissait étrangement indifférent. Il venait de se voir offrir un temps venu de nulle part, un temps qu'il n'aurait jamais dû connaître. Il comptait en profiter. Ne pas se lier, ne pas se reproduire, rester libre. En cela, il s'accordait avec la génération dont il faisait désormais partie, celle des trentenaires soucieux de ne pas s'engager. Puisqu'il allait devoir travailler en région parisienne, il lui faudrait un appartement à lui. Au cours de l'été, quelqu'un, dans sa formation, lui proposa une chambre en colocation dans un cinq-pièces du côté de République.

– Vraiment ? s'étonna-t-il. À notre âge, il y a toujours des gens qui vivent comme des étudiants ?

– Redescends sur terre, mon pote. Peut-être qu'un jour on aura un bon salaire, en attendant, essaie seulement de te loger à Paris ! Tu n'y arriveras jamais, même avec une caution parentale. Alors, la proposition que je te fais, elle vaut de l'or !

Paul ne tenait pas à cohabiter avec sa fille, qui était sur le point de rentrer en France, il accepta. Après tout, c'est en vivant avec des gens de son âge qu'il apprendrait le mieux à se fondre dans cette époque. C'est ainsi que Johar le retrouva, à la fin de l'été, aménageant sa nouvelle chambre avec un canapé-lit et des étagères Billy.

– Quelle métamorphose, quelle capacité d'adaptation, dirait Johar à Sam à la rentrée. Mais il vaut mieux que je ne te le présente pas, il serait capable de te draguer. Je ne suis pas certaine d'avoir envie que tu deviennes ma belle-mère !

Pour Sam et Benjamin, l'été n'avait pas été très heureux. C'était le premier été sans Mamouchka. Chaque année depuis dix ans, ils passaient deux semaines avec elle dans sa maison du Midi avant de rejoindre la famille de Benjamin en Gironde. Sophie, la nouvelle propriétaire, avait, bien entendu, convié son frère et sa nièce à venir lui rendre visite, mais aucun des deux n'avait souhaité devenir un invité là où ils s'étaient toujours sentis chez eux. Il ne resta au jeune couple que la maison familiale des Bruder à Montalivet, où le frère aîné de Benjamin séjournait, lui aussi, avec femme et enfants. Ni lui ni leur mère ne comprirent ce que Nicola faisait là. Une stagiaire de Benjamin ? Sérieusement ? La mère avait entendu parler des nouvelles mœurs des trentenaires, de leurs relations libres, des LGBTQIA+, des trouples (couples à trois) et autres « abominations ». Elle regarda les trois jeunes gens d'un œil mauvais, si bien qu'au bout de quatre jours, Sam déclara qu'elle préférait passer l'été à Paris à écrire sa thèse. Nicola exprima son souhait de la suivre, laissant Benjamin, furieux, se morfondre entre sa mère revêche, son frère méprisant, sa belle-sœur odieuse et ses neveux bruyants, pour ne pas dire mal élevés. Un matin, sur la plage, alors qu'il sortait de son bain quotidien, son frère Stéphane le prit par les épaules :

– Allez, dis-le franchement, cette fille est la maîtresse de Sam, non ? J'ai toujours pensé qu'elle était chelou, ta copine.

Benjamin se dégagea avec humeur.

– Mais qu'est-ce que tu vas chercher ? Si tu savais

seulement d'où elle vient, tu te mettrais à genoux pour la supplier de te parler.

– Alors, raconte, c'est qui, cette fille si extraordinaire ? fit Stéphane, vexé.

– Laisse tomber, c'est trop compliqué pour toi, maugréa Benjamin qui ramassa sa serviette et s'éloigna pour marcher seul les pieds dans l'eau.

À cette heure, la plage était déserte, les sauveteurs n'avaient pas encore planté leurs piquets. Il pouvait s'éloigner à perte de vue sans croiser personne. La remarque de son frère le faisait trembler de rage. Et si c'était vrai ? Si Sam et Nicola avaient une histoire secrète ? Et s'il était le dindon de cette farce ?

Depuis l'enfance, son frère n'avait cessé de le rabaisser. Il était l'aîné, le plus beau, le plus fort, le préféré, celui qui faisait plein de choses avec le père tandis qu'on le laissait, lui, dans les jupes de la mère. Son frère n'avait eu de cesse de lui faire remarquer ses faiblesses : tu n'as pas beaucoup de copains, les filles ne te remarquent pas, tu es nul au foot (au basket, au tennis, ou dans n'importe quel autre sport). Le fait que Benjamin aimait la nature, s'intéressait aux insectes, cherchait à comprendre le monde, demandait des explications à toute chose n'était pas porté à son crédit, c'étaient « des trucs de binoclard », répétait son frère – ce que Benjamin avait, du reste, été à partir du CE2. Ce n'est qu'en découvrant les cours de physique-chimie, au collège, que le futur scientifique s'était senti à sa place. Toutes les expériences l'excitaient, les mélanges chimiques comme les circuits électriques. Son professeur l'encourageait. Il avait progressé d'un coup en maths et même en anglais lorsqu'il lui avait fallu déchiffrer les articles scientifiques qu'il trouvait sur internet. À cette époque, les notes de son lycéen de frère avaient dégringolé et Benjamin avait connu quelques années triomphales, ses parents le félicitaient enfin. L'adolescent avait alors mis un point d'honneur à rendre sa passion utile dans la sphère familiale : réparer la voiture, colmater une fuite, concevoir un jardin potager. Son frère l'avait surnommé, avec mépris, « Professeur Nimbus ». Benjamin avait encore trop peu confiance en lui pour voir tout ce que cette posture comportait de jalousie, il avait perdu de nouveau son assurance et s'était refermé comme une huître. Une fois le bac en poche, il avait choisi une prépa scientifique à Paris pour échapper aux sarcasmes de son frère, puis avait opté pour la recherche plutôt que des études pratiques d'ingénierie. Après la distance physique prise avec sa famille, sa rencontre avec Cédric, qui allait devenir son frère de cœur, lui avait permis de prendre le large psychologiquement. Son installation avec Sam avait achevé sa marche vers l'indépendance. Même si ses parents tentaient de continuer à lui faire valoir la supériorité de son frère, qui s'était marié à l'église et avait procréé, Benjamin s'en moquait, il n'était pas attiré par les cellules familiales traditionnelles, il en avait trop souffert. Dès lors, il avait fini par se croire à l'abri des fourmillements de l'humiliation. La désertion de Sam et de Nicola, les remarques acerbes de son frère le renvoyaient à son vieux sentiment d'infériorité.

C'est au cours de cette marche furieuse sur la plage que lui vint la folle idée qui deviendrait une nécessité impérieuse dans les mois à venir : quitter le XXIe siècle pour explorer l'avenir. Ainsi, il saurait enfin si la théorie du tout avait été achevée, si les mystères de l'univers avaient été percés. Il satisferait sa curiosité. En imaginant que la science ait suffisamment progressé, il pourrait même revenir en 2025 fort de ses connaissances nouvelles et les exposer à ses contemporains.

Pourquoi ne traverserait-il pas le temps puisque Nicola et le père de l'horrible Johar Stern y étaient parvenus ? Il convaincrait Niki de l'accompagner. Elle n'avait rien à faire ici sans lui. Ils deviendraient des explorateurs du temps. Ils vivraient tout à deux. Ce serait tellement excitant. À présent, ces vacances forcées lui pesaient moins, il réfléchissait à la manière dont il s'y prendrait. Il appela Cédric qui se morfondait non loin de là, en Vendée chez ses parents.

– Rejoins-moi, lui dit-il, j'ai eu une idée de génie. Il faut absolument que je t'en parle. Tu es le seul à pouvoir la mettre en œuvre !

Le temps peut aussi défaire les relations

En rentrant à Paris, Sam ne s'était pas réjouie de la présence de Nicola à ses côtés. Cet été-là, elle aurait préféré demeurer seule. Probablement seule avec son chagrin. Même si sa raison ne cessait de remercier le ciel pour le départ en douceur de Mamouchka, le chagrin qui lui déchirait la poitrine continuait de ne pas vouloir s'éteindre. Enfin, les jours passant, elle se surprit à apprécier cette compagnie douce et loyale qui la distrayait de sa tristesse. Au début, elles parlaient peu, vaquant machinalement à leurs occupations. Sam se cantonnait à son habitude de faire les courses, de préparer les repas, tandis que Nicola s'était réservé le ménage. Elle s'y adonnait régulièrement, avec minutie. L'appartement n'avait jamais été aussi propre et rangé.

– Isaac voulait que rien ne traîne. Je lavais tous les jours le laboratoire à grande eau : on aurait presque pu manger par terre. Je suis une excellente femme de ménage, meilleure que James.

Ainsi, Sam entra peu à peu dans l'univers de la jeune Anglaise. Qui était James, ce majordome taciturne qui avait fini par adopter l'enfant ? Comment réfléchissait Isaac Newton ? Est-ce que la vie avec un physicien du XVIIe siècle pouvait ressembler à celle qu'elle vivait auprès de Benjamin ?

– Isaac n'était pas méchant mais toujours renfrogné, toujours dans ses pensées. Il paraissait ne pas voir ce qui se passait autour de lui. C'était un peu faux tout de même. Ce qu'il comprenait, il n'en parlait pas. Une grande partie de ma jeunesse s'est déroulée dans un silence presque absolu. Ça ne me dérangeait pas, j'avais été tellement chahutée lorsque je vivais chez ma mère… Il y avait trop de cris, trop de coups. Je vivais sur le qui-vive en permanence. Auprès d'Isaac, j'ai fini par me calmer et par comprendre qu'il ne me frapperait jamais, qu'il ne me hurlerait jamais dessus. C'était si rassurant. Et Benjamin est encore plus sociable et gentil qu'Isaac.

– Pourtant, c'est un ours. Lui aussi vit dans ses pensées, son univers de scientifique abscons, imperméable à la marche du monde, dérouté par elle.

– Eh bien, ça ne se voit pas.

– Tu t'étais habituée à bien pire, c'est pourquoi tu ne t'en aperçois pas. Quoique, je dois le reconnaître, Benjamin est plutôt attentionné avec toi.

Nicola se demanda si cette réflexion était un reproche, une simple constatation ou une marque de satisfaction de la part de Sam. À tout hasard, elle répondit timidement :

– Je ne voudrais pas vous encombrer.

– Je ne sais pas, dit Sam avec honnêteté. C'est peut-être une bonne chose, au contraire, que tu sois là. Je crois que Benjamin n'aurait pas aimé se retrouver seul avec moi après la mort de Mamouchka. Il déteste les drames, il les fuit, ça l'épouvante. Je crois que je lui fais peur, désormais, avec ma peine. Comme si j'étais atteinte d'une maladie contagieuse.

Nicola ne répondit pas car elle avait senti elle aussi la gêne de son hôte, son envie de déguerpir, son exaspération dès que le nom de Mamouchka revenait dans la conversation. Sam posait les mots sur ce que la jeune fille ressentait confusément, cette perception diffuse d'un malaise qui avait à voir avec la peur du malheur de l'autre. Cela faisait plus de six mois désormais qu'elle vivait au XXIe siècle, qu'elle essayait de s'intéresser à tout, qu'elle surfait sur internet des nuits entières à tenter de rattraper les siècles perdus. Il lui apparaissait que les humains se posaient davantage de questions que jadis, qu'ils passaient beaucoup de temps à analyser ce qu'ils ressentaient les uns pour les autres et à se soucier de leur propre bien-être. Lorsqu'elle avait interrogé Benjamin sur le pourquoi de ces auto-analyses incessantes, il lui avait parlé de Freud et de la psychanalyse, de l'individuation forcenée apparue après-guerre, dans les années 1960 et surtout 1970. Il lui avait expliqué que l'humain avait longtemps été un animal social – un bourgeois, un ouvrier, un paysan, déterminé par son milieu de naissance – mais que ce n'était plus complètement le cas. Dans la société de consommation, associée au grand essor de la psychanalyse et de la liberté sexuelle, chacun avait eu tendance à se replier sur sa sphère de satisfaction, plus que sur sa classe sociale. La psychologie avait pris le pas sur toutes les autres formes d'explication des comportements humains.

– Chacun se dit : « Je suis une personne unique », lui avait expliqué Benjamin, et cela suffit pour qu'il recherche en priorité son propre bien-être.

Nicola avait pensé avec nostalgie qu'elle aussi avait été unique, elle avait été le *little fellow* d'Isaac Newton. Puis sa gaieté avait repris le dessus. Elle s'était amusée de tous ces gens qui se prétendaient uniques alors qu'elle peinait tant à les différencier. Ils étaient semblables à tous ces collégiens de Trinity en uniforme, étudiant tous les mêmes matières, pensant tous de la même manière que leurs professeurs. Elle s'était dit que les gens étaient devenus bien prétentieux. À son époque, chacun essayait de se conformer à ce que la société attendait de lui et, dans les classes populaires, personne n'avait de prétention intellectuelle, tout le monde était occupé à survivre. Elle avait trouvé formidable que, désormais, même les pauvres puissent prétendre à la considération, à la connaissance et, pourquoi pas, au bonheur. En revanche, elle n'avait pas saisi pourquoi Benjamin, qui était si gentil, ne montrait pas plus de compassion pour le chagrin de sa compagne. Durant l'été, elle s'en ouvrit à Sam.

– Ne t'inquiète pas, Nicola, les hommes sont souvent ainsi, ils détestent les effusions, les problèmes, ils n'aiment pas trop se soucier des peines des autres. Ils disent que la psychologie est une affaire de filles.

– Pourtant, aujourd'hui, les hommes et les femmes sont pareils, vous avez les mêmes droits et les mêmes activités.

– Oui, en termes de droits, tu as raison, mais les mentalités sont longues à changer. Et puis, chacun a son caractère. Si Benjamin a choisi la science, c'est qu'il n'est pas à l'aise avec le côté aléatoire de l'humain. Il craint les sautes d'humeur et tout ce qui le dépasse.

– C'était exactement pareil avec Isaac ! s'exclama Nicola.

Pendant l'été, les deux jeunes femmes eurent le temps d'évoquer bien des sujets, de se promener dans Paris, d'aller au cinéma. Nicola parlait désormais le français aussi bien que Sam l'anglais. Leurs conversations passaient indistinctement d'une langue à l'autre. Au début du mois d'août, Johar Stern les invita à rejoindre sa famille à Long Island, et Sam, qui venait de toucher une petite partie de son héritage, avait les moyens de s'offrir deux allers-retours. Nicola fut affolée à l'idée de prendre l'avion, mais n'en perdit pas une miette, gardant les yeux écarquillés tout le trajet. La romancière vint les chercher à JFK pour les conduire dans sa maison familiale des Hamptons. L'Anglaise n'avait jamais vu la mer, encore moins cet océan Atlantique avec ses vagues gigantesques. Tout lui paraissait extraordinaire et elle ne se lassait pas de s'émerveiller et de remercier, ses hôtes en particulier et la vie en général. Elle était désormais si attachée à Sam qu'elle aurait pris tous les risques pour elle. Rien n'aurait pu laisser penser qu'elle consentirait aussi facilement à se laisser embarquer par Benjamin dans sa grande aventure. Mais Nicola avait toujours été un être de devoir. Son plaisir, ses souhaits, elle n'avait pas été éduquée pour les écouter. Elle devait son salut à Benjamin, jamais elle ne le décevrait.

Les voyages ralentissent le temps

New York, août 2025

Après le décès de son père, Sam avait cessé de voyager. Benjamin se rendait parfois à des congrès lointains, mais elle ne l'accompagnait pas. Elle ne l'avait pas envisagé, il ne l'avait jamais proposé. Il lui vint à l'esprit que ce n'était pas très normal, en dix ans de vie commune, de n'avoir jamais éprouvé le besoin de se retrouver dans un cadre sinon lointain, au moins un peu étranger. Ils étaient entrés si vite dans une routine. Leurs études leur avaient tenu lieu d'excitants. Sam n'en était pas frustrée, elle avait tant parcouru le monde avec son père. Toutefois, New York, elle n'y était allée qu'une seule fois, lorsqu'elle avait quatorze ans, elle désirait ardemment connaître cette ville.

Lorsqu'au retour du séjour à Long Island elle arpenta la Cinquième Avenue, Central Park d'un côté, les buildings de l'autre, elle se souvint de l'adolescente enthousiaste qu'elle avait été lorsqu'elle s'était promenée sur ce même trottoir en tenant la main de son père. Elle ressentit de nouveau la tristesse du temps disparu. Ce qui faisait sa vie alors, sa grand-mère, son père, ses rêves de jeune fille, ses projections d'avenir, tout cela était mort. Elle se sentit vieille et comprit pourquoi Mamouchka la pressait tant au sujet de l'enfant. Sam ne s'était pas vue vieillir. Elle savait que, dans l'absolu, elle n'était pas vieille, trente-trois ans, mais enfin, à cet âge, la plupart des héros, que ce soit le Christ, Eva Perón ou Franz Schubert, avaient déjà accompli leur destin. À présent, elle devait reconnaître qu'elle avait vécu. À se complaire dans des journées sans cesse identiques les unes aux autres, elle n'avait pas vu le temps passer. Tandis que lorsqu'elle repensait à son enfance ou à son adolescence, il lui semblait que le temps était plus long, et pas seulement parce que, proportionnellement, elle avait vécu moins d'années. Non, elle pouvait se souvenir d'images si variées de tous ses voyages qu'il lui paraissait avoir vécu plusieurs vies.

Depuis qu'elle avait atterri à JFK, cet été lui parut plus intense que les autres étés. Elle avait fait la connaissance de la famille Stern : les cousins, Louise et Nathan, et la petite Alice. Ce mois d'août fut drôle et léger, plein de fous rires et de plaisanteries. Les cris de frayeur de Nicola dans les vagues, les quiproquos sur le sens de certains mots lors du passage de l'anglais au français ou l'inverse, les chansons que Sam jouait au piano tandis qu'ils s'époumonaient autour d'elle, tout cela l'avait distraite de son chagrin et lui avait montré que la vie, même triste, avançait mieux lorsqu'elle se vivait joyeusement.

À New York, elle s'acharna à chasser sa nostalgie : à quoi bon ruminer ce qui est perdu. Elle songea qu'à l'avenir, elle aimerait rire à gorge déployée comme elle l'avait fait ces dernières semaines, et voyager de nouveau. Elle en parlerait à Benjamin. Ils pourraient se concocter des petits séjours en amoureux. À présent, ils avaient Nicola pour garder Schrödinger.

Ainsi ce qui habitait la tête de Sam s'apprêtait à devenir tout à fait incompatible avec ce qui occupait celle de Benjamin.

Le voyage dans le temps est une fiction

Saclay, septembre 2025

À son retour de Gironde, au milieu du mois d'août, Benjamin n'apprécia pas de trouver l'appartement vide, et encore moins de savoir les deux filles ensemble sur une plage américaine. Cela lui rendit sa grande idée encore plus essentielle. Il lui fallait la peaufiner avant d'en parler, la pétrir, la pousser dans ses retranchements, d'autant que, lorsqu'il lui en avait parlé, Cédric s'était montré réticent.

– Un accident, par définition, n'est pas reproductible. Nous ignorons même si nous sommes vraiment à l'origine de ces deux transfuges temporels. Certes, la synchronicité est troublante, nous dérapons sur une expérience, nous créons sans doute un trou noir et deux personnes traversent le temps. J'admets ma possible responsabilité. Mais comment voudrais-tu que je reproduise cela ? Même si j'y parvenais, cela ne servirait peut-être qu'à attirer vers notre époque deux ou trois nouveaux voyageurs du passé. Du reste, je suis surpris que vous soyez parvenus à garder le secret sur l'existence de ces deux-là.

– Si nous avions tenté d'ébruiter l'affaire, personne ne nous aurait crus. C'est si invraisemblable. Bon, supposons que ton équipe soit bien à l'origine de l'ouverture de ces deux couloirs et examinons les conditions. Vous créez un trou noir qui ouvre le temps à la manière d'un aspirateur. Qu'y a-t-il de commun entre Nicola et le père de Stern ? L'explosion.

– Quelle explosion ? demanda Cédric.

– Comme tu le sais, Nicola se trouvait dans le laboratoire de Newton au moment de son explosion. Quant au père de Johar Stern, il aurait raconté que la dernière image dont il se souvient avant son black-out, c'est l'explosion d'un avion juste au-dessus de sa tête.

– Intéressant, murmura Cédric tout en arborant une profonde perplexité.

– Ces deux explosions paraissent être à l'origine de l'appel d'air qui a attiré les couloirs créés par ton trou noir, reprit Benjamin.

– C'est possible, soupira Cédric. Les explosions ont pu, de leur côté, engendrer des trous blancs qui auraient éjecté de la matière avant qu'elle ne soit aspirée par celle du trou noir. Je ne vois pas d'autre explication.

– Imaginons que, dans le futur, des physiciens parviennent à reconstituer des trous noirs, c'est probable, non ?

– Sans doute, admit Cédric.

– Alors, si nous créons ici et maintenant l'appel d'air nécessaire, le trou blanc dont tu parles, peut-être pouvons-nous créer le couloir qui nous projettera dans le futur.

– Ce sont beaucoup d'hypothèses dont deux, et non des moindres, ne dépendent pas de nous, dit Cédric. La première, c'est le processus, dont nous sommes loin d'être certains. La deuxième, c'est l'avancée supposée de la physique dans les années à venir.

– Je ne parle pas d'années, mais de siècles, répondit Benjamin avec passion.

– Tu veux être projeté dans plusieurs siècles ? insista Cédric, incrédule.

– Je veux savoir si la théorie M est la bonne, si nous allons enfin trouver une explication globale pour l'univers, quelles vont être les avancées scientifiques et comment le monde va évoluer…

– Nous sommes tous curieux de l'avenir. Mais imagine que le monde soit pire qu'aujourd'hui, ou que le fameux appel d'air qui va t'attirer vers le futur soit tout simplement l'explosion de notre planète, franchement, bien des risques sont réunis pour que tu perdes au change. Sans compter que ça me paraît impossible à réaliser.

– Tout paraît impossible avant de s'y être attelé. Tu crois qu'aller sur la Lune ne paraissait pas impossible en 1950 ? Et pourtant, moins de vingt ans plus tard, on marchait dessus !

– Certes, soupira de nouveau Cédric. Admettons que je parvienne à t'expédier dans le futur. Où vas-tu atterrir ?

– Tu n'as aucun moyen de le savoir. De même que Nicola ou le père de Stern ne pouvaient pas imaginer que tu les happerais vers l'année 2025. Je dois juste parier sur le fait qu'un physicien du futur va m'attirer vers lui, ça peut être n'importe quand, n'importe où. Et, oui, ça peut aussi être la fin du monde. C'est un risque à prendre.

– Tu détestes tant que ça notre époque ?

– Non, je suis curieux, et impatient. Et optimiste. Je me dis que si les technologies ont beaucoup avancé, peut-être deviendra-t-il possible de voyager dans l'autre sens.

– C'est très peu probable. La flèche du temps est unidirectionnelle.

– C'est ce que nous croyons aujourd'hui, insista Benjamin. Mais on ne sait jamais... Et puis, rien ne dit que je ne me plairai pas dans le futur...

– Tu ne connaîtras personne.

– Je connaîtrai Nicola, c'est déjà pas mal. Regarde, elle s'est bien faite à sa nouvelle vie et pourtant elle a franchi plus de trois siècles, seule, comme une grande.

– Tu lui as demandé son avis ? Peut-être n'a-t-elle pas du tout envie de repartir pour un saut dans le temps.

– Elle n'a aucune attache ici à part moi. Et elle n'a pas eu le temps de s'habituer à notre époque. Alors celle-ci ou une autre...

– Et Sam ? Tu as pensé à elle ?

– Évidemment, mentit Benjamin. Je lui en ai parlé, mais elle n'a aucune envie de voyager dans le temps.

– Ça, je peux le comprendre. Au moins l'un de vous deux a conservé son bon sens.

– Arrête de prendre cet air ahuri ! grommela Benjamin. Ne me fais pas croire que tu fais ce métier pour aligner des équations. Toi aussi tu as cru aux grandes découvertes. Alors, mon vieux, c'est maintenant. Tu as déjà accompli un prodige sans le vouloir. Tu vas le réitérer en t'appliquant, OK ?

– Je ferai ce que je peux.

– Voilà qui est mieux. Et tu sais quoi ? Ce sera l'occasion de savoir si je peux être à deux endroits à la fois. Si je disparais, c'est que je suis parti dans l'avenir. Si je suis toujours là, c'est que l'univers s'est dédoublé.

– Tu es vraiment dingue, mon pote.

– Tous les génies ont commencé par être des dingues, dit Benjamin.

Le temps reste et restera un mystère

Paris, décembre 2025

Benjamin avait tourné cent fois la manière dont il apprendrait à Sam qu'il allait la quitter. Déjà, il ne le formulerait pas ainsi, il parlerait d'« expérience temporelle essentielle ». Il laisserait entendre qu'il ne s'agissait pas de disparaître pour toujours mais de « s'absenter provisoirement ». En théorie, la situation était réversible. Les équations comportent, toutes, les valeurs négatives qui leur permettent d'être à la fois elles-mêmes et leur contraire. Pourquoi l'équation du temps échapperait-elle à la théorie ? Il ne parlerait pas de leur vie de couple, de la routine parisienne ou de l'ennui des piétinements scientifiques, mais plutôt d'une curiosité de l'avenir, d'un besoin de découverte, d'avancées indiscutables et de la nécessité d'être pionnier.

Il tentait de se duper lui-même car, au fond, il savait qu'elle ne le croirait pas, qu'elle ferait semblant. Mais ce serait moins douloureux que les pleurs ou les supplications, surtout pour lui. S'il avait choisi la voie scientifique, c'était justement pour échapper à toute forme de pathos. Et de cela, il lui savait gré ; elle n'était pas le genre de fille à faire des histoires. Elle savait se distraire de la douleur, elle avait appris à le faire depuis l'enfance. Même pour Mamouchka, il n'avait pas eu à la consoler, elle s'était débrouillée seule. C'était un sacré soulagement car il avait redouté ce moment, mais, à sa grande satisfaction, elle avait su franchir cette épreuve sans faire de simagrées. Il n'était pas insensible, il devinait la douleur tapie au fond de ses yeux, mais tant qu'elle n'en parlait pas, il se gardait de déclencher le cataclysme. Sa grand-mère l'avait parfaitement élevée, dans la dignité, l'absence de plainte et cet humour juif qui est la politesse du désespoir. Il se doutait que sa fuite en avant lui causerait un chagrin immense mais il espérait qu'elle aurait la bienséance de n'en rien montrer.

Benjamin avait eu raison de miser sur la capacité de Sam à garder la tête haute, quoiqu'il lui ait fallu s'y reprendre à plusieurs fois pour lui livrer la totalité de l'information.

En septembre, il avait commencé par de vagues allusions au fait que les découvertes en physique n'avançaient pas au rythme où il le souhaitait. En octobre, il s'était plaint de ce qu'il risquait de ne jamais voir sa théorie globale aboutir. En décembre, il évoqua enfin la possibilité qu'il existe un moyen d'aller dans l'avenir piocher des réponses et de revenir les mettre en œuvre. À ce stade, Sam commença à lever un sourcil interrogateur. Jusque-là, elle n'avait pris les déplorations de Benjamin que dans un sens littéral : il est fâcheux de travailler sur un problème que l'on a de bonnes chances de ne pas voir résolu.

– Tu veux voyager dans le futur ? demanda-t-elle, incrédule.

Benjamin en aurait soupiré d'aise : elle envisageait d'elle-même sa conclusion.

– Niki l'a bien fait, elle, répondit-il, l'air de rien.

– C'était un accident, dit Sam, ahurie.

– Ce qui s'est produit une fois peut se reproduire, avança Benjamin avec prudence.

– Ça me paraît assez aléatoire. Et même dans l'hypothèse où un trou noir créerait un nouveau couloir et t'expédierait dans le futur, tu ne sais ni où ni quand tu atterrirais. Ce pourrait être une époque horrible, une époque lointaine dont tu ne pourrais pas t'échapper.

– Je vois que tu es optimiste et que tu tiens les scientifiques en haute estime, dit Benjamin plus sèchement qu'il l'aurait souhaité. Moi, j'ai confiance dans les découvertes futures. Je suis prêt à parier qu'à l'avenir on saura très bien effectuer le voyage aller-retour.

– Le voyage dans le temps est un grand fantasme de la science-fiction, dit Sam, j'ai assez travaillé sur le sujet. Mais il est totalement improbable. Cela impliquerait que le temps existe dans sa globalité quelque part. Or, c'est faux. Le temps n'existe que parce que nous le faisons advenir. Le futur n'existe pas encore. Le passé est déjà perdu. Je ne peux pas rattraper la seconde qui vient de s'écouler. Alors des siècles, ça me paraît peine perdue.

– La philosophie ne t'aide pas à envisager mon hypothèse, dit Benjamin en essayant de ne pas paraître trop contrarié. Les philosophes s'accommodent de ce qu'ils ne peuvent maîtriser. Mais nous avons désormais la preuve que des failles peuvent transpercer le temps. Et moi, je pense qu'il est possible de les ouvrir. Et de s'en servir. Peut-être pour améliorer notre présent. Imagine que je trouve, dans le futur, des solutions pour enrayer le dérèglement climatique, nettoyer la planète de la pollution humaine, rendre au vivant son harmonie : nous pourrions les mettre en œuvre tout de suite. Et nous épargner un futur misérable.

Dans le regard que lui lançait Sam, il y avait toute la détresse que Benjamin ne voulait pas voir. Elle n'ajouterait rien, ferait semblant d'y croire, il avait parié sur son attitude digne et avait gagné. Sam dit qu'elle n'avait pas faim et qu'elle avait du travail pour rendre sa thèse à temps. Désormais, il ne restait plus à Benjamin qu'à annoncer qu'il emmènerait Nicola dans sa folle aventure et que Sam resterait seule. Mais il avait encore un peu de temps devant lui pour convaincre la principale intéressée. D'ici là, Sam aurait, plus que jamais, cette détestable Johar Stern pour la distraire.

Le temps est relatif

Kermaz, janvier 2026

– Il y a exactement un an que tu es venue à ma rencontre, dit Johar Stern. Je suis heureuse que tu sois là pour clore cette année et vivre avec moi mon dernier séjour ici. Mon père vient s'installer à Kermaz le mois prochain. Ses formations ont été très efficaces, il est redevenu le fleuron de son entreprise. Avec le développement du télétravail, il peut vivre où il veut tout en gagnant bien sa vie. Il a choisi de renouer avec son enfance. Je peux le comprendre. Finalement, j'agis de même en retournant vivre à New York. J'ai l'impression qu'avec l'âge nous remontons la rivière du temps, à la manière des saumons.

– Dans ce cas, moi, je n'aurai nulle part où aller, fit remarquer Sam. L'appartement de Mamouchka a été vendu.

– Paris sera toujours ton berceau, peu importe l'immeuble dans lequel tu vivras. Ce qui compte à Paris, ce sont les rues et les places, les façades et les toits, les odeurs et les bruits.

– C'est vrai, ils sont différents d'un arrondissement à un autre. Dans le mien, je retrouve cette familiarité. Merci de me le rappeler, ça me fait du bien de penser que j'aurai toujours cet ancrage. J'ai beau ne pas croire à la possibilité d'un voyage dans le temps, j'éprouve déjà une forme nouvelle de solitude. Je sais que mes jours avec Benjamin sont comptés. Avec Nicola également. Il voudra l'emmener et je sais déjà qu'elle acceptera. Elle a été éduquée pour servir les physiciens. Elle ne saura pas dire non. Elle me manquera, je pense. Je me suis habituée à elle.

– Elle est exceptionnelle, dit Stern. Et elle t'aime.

– Elle aime Benjamin.

– Non, elle est attachée à lui parce qu'elle sait ce qu'elle lui doit, mais c'est toi qu'elle regarde avec fascination et, au fond de toi tu le sais, c'est ce regard inconditionnel qui va te manquer.

– Tu as raison, encore une fois, reconnut Sam. Mais j'espère que ce n'est pas ce qui m'a conduite à l'apprécier. Ou alors, je suis devenue bien égoïste.

– Ça n'a rien d'égoïste d'aimer les gens qui nous aiment. Au contraire, c'est une preuve de sagesse.

– C'est mon regard sur toi que tu as aimé…

– Au départ, bien sûr, admit Johar. Il faut toujours un point d'amarrage dans une relation, sinon les sentiments se perdent au gré du vent. Mais, avec le temps, on finit par considérer l'autre pour lui-même.

– Je comprends ce que tu veux dire. L'amour total que Mamouchka me portait me manque tellement, l'amour de Benjamin, même imparfait, va me manquer, l'amitié de Nicola aussi. J'ai l'impression que le monde va tellement se rétrécir.

– Ce sera à toi de l'élargir.

– Comment ? Je serai si seule.

– Chacun a sa propre manière d'ouvrir le chemin du temps devant lui. Pour moi, tu le sais, il n'y a eu presque que l'écriture. Penser au livre suivant, c'est ce qui ouvrait le temps, et donc le monde, devant moi. Et c'est encore plus extraordinaire aujourd'hui.

– Pourquoi ?

– Parce que les faits s'accumulent et accélèrent le mouvement. Pendant des années, j'ai écrit dans une forme d'immobilisme. Brusquement l'histoire explose et se répand dans une multitude de ramifications. C'est tout à fait passionnant. Et c'est toi, en partie, qui as ouvert le temps devant moi.

– Ton père serait rentré, même sans moi.

– Mon père n'est qu'un aspect de l'aventure, et puis je ne sais pas si mon père n'est pas relié à toi. C'est ton ami qui a ouvert le temps et ce n'est guère qu'autour de toi que les voyageurs du temps ont été libérés.

– Tu crois vraiment ?

– En tout cas, nous n'avons aucun indice qui puisse

nous laisser penser que d'autres personnes ont surgi du passé.

– Tu me prêtes bien des pouvoirs.

Cette perspective lui avait rendu le sourire.

– Nous irons marcher sur la plage tout à l'heure, dit Stern.

– J'adore être ici, dit Sam, j'ai l'impression que le temps ralentit, que je peux presque le toucher.

– Parce que tu es philosophe. La plupart des philosophes pensent que seul existe le présent. Que le passé n'existe plus, que le futur n'existe pas encore. Alors que moi je pense l'inverse.

– Vraiment ? fit Sam, intriguée.

– Oui, je crois de plus en plus que c'est le présent qui n'existe pas. Le début de notre conversation est déjà du passé tandis que notre balade au bord de l'océan n'est encore que du futur. Alors, que dure le présent ? Presque rien. Et c'est ainsi que j'ai vécu ma vie : à tenter de recréer sans cesse le passé et à le conjuguer au futur dans des textes toujours à venir. Mais je sais bien ce que tu penses : c'est aussi une manière de ne pas être.

Sur la question d'une étroitesse de l'instant présent, coincé entre un passé démesuré et un futur envahissant, Sam ne pouvait qu'être d'accord. Toutefois, elle se dit que cela valait la peine de se raccrocher à ce minuscule instant de présent, porteur d'éternité.

Lorsqu'une échéance se rapproche, le temps se concentre

Paris, septembre 2026

Grâce à son nouveau mode de vie, fait de confort, d'une bonne alimentation et d'un peu d'exercice physique, Nicola avait retrouvé des cheveux sains, qu'elle avait fait couper court pour les sentir bien drus sous ses doigts et profiter de cette impression de santé. Depuis la réaction brutale de Benjamin devant ses jambes nues, elle ne portait plus que des jeans. C'était le premier pantalon qu'il lui avait offert, à Londres ; sans doute était-ce son préféré, elle souhaitait le contenter. Elle lui devait tant. Après avoir infiltré le système informatique des universités de Paris, il était parvenu à inscrire Nicola en licence de physique, diplôme que des cours du soir intensifs sur la table de la cuisine lui avaient permis d'obtenir en une année. Désormais, Nicola Newton avait très officiellement intégré un master de recherche à l'université de Paris-Saclay, où elle progressait à grande vitesse.

Newton ne s'était pas choisi un grouillot de laboratoire parmi les va-nu-pieds de Londres, mais avait bel et bien repéré la graine de génie chez la gamine. Étant sans a priori, à partir du moment où elle avait accepté le principe d'une physique mathématique plus qu'expérimentale, il n'y avait plus de limites à son entendement. Cela confortait Benjamin dans l'idée qu'il ne l'entraînait pas dans son aventure par égoïsme mais dans le souci de faire avancer la science. Là où il irait, sans doute aurait-il besoin d'elle.

Nicola était parfaitement adaptée à sa nouvelle génération : un genre peu affirmé, une fluidité totale. Elle pouvait se couler dans tous les milieux, prendre part à toutes les conversations. Elle s'intéressait à tout, notamment aux cours de philosophie de Sam. Elle les lisait chaque soir, posait de nombreuses questions pour comprendre comment Dieu avait pu quitter à ce point le centre des raisonnements humains. Elle découvrit qu'à son époque, alors qu'elle tentait d'approcher l'essence divine en essayant de reproduire l'univers dans le four d'Isaac, il existait un philosophe à proximité de chez elle, entre La Haye et Amsterdam, capable de penser la vie sans ce Dieu extérieur posé comme un juge sur nos vies. Ce Spinoza lui parut fascinant. Elle aurait tellement aimé en parler à Isaac. Certes, ce penseur n'était pas allé jusqu'à nier l'existence de Dieu – il n'était pas suicidaire –, mais il l'assimilait au tout de la nature. Peut-être était-ce justement cela qu'Isaac avait cherché dans son four. Si Dieu est Tout, il est le métal et le feu, le jour et la nuit, la richesse et la pauvreté, le bien et le mal, l'homme et la nature, le passé et le futur, le temps et l'éternité.

– Tu cherches Dieu, toi aussi, dit-elle à Benjamin. Ta théorie du tout n'est rien d'autre que le Dieu-Nature de Spinoza.

– Tu peux l'appeler comme tu veux, rétorqua le physicien, qui n'aimait pas les discussions philosophiques. À la limite, l'appellation de Nature-Dieu me semblerait plus juste. Je crois, comme Sartre, comme les athées, que l'existence précède l'essence. Il ne peut exister d'esprit sans matière.

– Mais Spinoza ne pense pas autrement, insista Nicola, puisqu'il écrit qu'il ne peut y avoir de pensée sans corps. Pour lui, il est clair que, lorsque le corps disparaît, la pensée disparaît avec lui.

Le soir même, Sam tempéra la démonstration de Nicola.

– La pensée qui nous est attachée disparaît, mais pour Spinoza, l'esprit demeure.

Benjamin haussa les épaules.

– Tu te paies de mots. Ayant déjà été banni de la communauté juive, Spinoza ne tenait pas à être poursuivi par les autorités chrétiennes. Sans doute ne croyait-il pas lui-même à son concept d'esprit.

– Les philosophes sont déjà suffisamment difficiles à

décrypter, si en plus il faut mettre en doute leurs écrits, nous n'allons plus nous en sortir, dit Sam. Je préfère m'en tenir au texte, ce sont mes équations à moi.

Ces derniers mois, depuis qu'il avait révélé sa grande idée, le temps de Benjamin défilait avec une intensité accrue, comme si la perspective de perdre ce qu'il avait construit lui donnait une capacité plus grande à aimer. Il n'aurait su dire si c'était la présence de Nicola dans la chambre d'à côté ou la perspective de quitter Sam mais il avait retrouvé son désir pour elle, laquelle paraissait, en retour, ressentir la même urgence.

Lorsque son compagnon s'endormait contre son épaule, Sam tentait d'imaginer une vie dans laquelle il ne serait plus à ses côtés. Cela faisait si longtemps qu'il partageait son existence. Un tiers de sa vie. Le vide laissé par Mamouchka se creuserait encore davantage avec l'absence de Benjamin, c'était presque inimaginable. Elle se concentrait sur l'écriture de sa thèse tout en ayant fort à faire avec ses cours à la Sorbonne. Cédric la rassurait en lui répétant qu'il n'existait aucune chance de réussir un voyage dans l'avenir, en lui faisant remarquer que nombre d'astrophysiciens avaient procédé à ces reproductions du Big Bang sans qu'il leur soit jamais rien arrivé. Lui-même travaillait assez mollement à répondre à la demande de son ami. Sam s'efforçait d'y croire et tentait de profiter de ce nouveau printemps amoureux.

Ce que tous ignoraient, c'est que Benjamin avait en tête une manière plus radicale de procéder. Son raisonnement s'était affiné : ceux qui avaient surgi du passé n'avaient pas été éjectés par un trou noir, mais appelés par lui. Dès lors, ce qu'il lui fallait pour partir vers l'avenir n'était plus le Big Bang raté de Cédric mais une explosion susceptible de générer un de ces trous blancs capables de recracher la matière. Il avait bon espoir qu'à quelques siècles de là, un scientifique parviendrait à créer l'appel d'air nécessaire pour créer le trou de ver. Il n'en parla pas à Cédric. Car il savait déjà qu'il se servirait du laboratoire de Saclay en dehors du temps règlementaire, sa carte lui permettant d'accéder aux locaux vingt-quatre heures sur vingt-quatre, semaine et week-end. Pour le grand départ, il procéderait une nuit, lorsque les locaux seraient vides. Et tant pis pour les dégâts causés : sa curiosité, son impatience devenaient trop dévorantes.

Lorsque l'autre devient envahissant, le temps ne nous appartient plus

Paris, octobre 2026

Nicola avait assez vite compris que Benjamin avait l'intention de l'embarquer dans son grand voyage. Elle avait retardé le moment où son souhait deviendrait explicite. Jusque-là, elle avait pu se rêver dans une vie douce, réussissant de belles études, devenant une physicienne à part entière et non plus l'assistante de savants mégalomanes. Elle aurait voulu vivre aux côtés de Sam, se faisant toute petite pour ne pas la gêner. Mais la fin du fantasme était proche. Elle prenait tous les jours le RER pour Saclay avec Benjamin, déjeunait en face de lui à la cafétéria. Nicola aurait préféré faire la connaissance des autres étudiants, nouer de vraies relations. Elle découvrait ce qu'avaient dû ressentir les *fellows* de Trinity College, ces étudiants heureux de former des groupes de travail, de sport ou de beuverie. Elle regardait avec envie ses congénères se donner des rendez-vous en dehors de l'université. Il ne lui venait pas à l'esprit qu'elle aurait pu demander une bourse, une chambre d'étudiante et gagner son autonomie. Elle se vivait comme un accessoire du physicien. Il la couvait du regard, elle ne pouvait lui échapper, mais il restait calme, posé, bien élevé, n'avait jamais eu un geste déplacé. Elle n'aurait su dire quel sentiment il nourrissait envers elle : pas de l'amour, ni même du désir, puisque cela était du domaine de Sam, peut-être une autre forme d'attachement.

Lorsque Benjamin fit sa demande, Nicola n'en fut pas surprise, pourtant ses jambes devinrent comme du coton, son cœur se mit à battre plus vite, sa gorge se serra. Les mots lui parvenaient dans une sorte de brouillard :

– Tu es comme moi, disait-il, tu as donné ta vie à la science, tu es une aventurière, tu ne sauras jamais te satisfaire des plaisirs ordinaires. Le XXIe siècle ne saurait être ta destination finale. Ce monde n'est pas prêt pour t'entendre. Là où nous irons, nous pourrons véritablement bâtir une vie à notre convenance, une vie capable de changer le monde ! N'est-ce pas ce que nous avons toujours souhaité ?

Nicola n'avait jamais eu pour ambition personnelle de changer quoi que ce soit, ni au monde en général, ni à sa situation en particulier. Elle n'avait fait que subir les désirs des uns ou des autres. Les mots s'étranglèrent dans sa gorge. Elle aurait préféré disparaître plutôt que de décevoir son sauveur. Elle répondit dans un souffle :

– Oui, je viendrai avec toi.

Benjamin n'en attendait pas davantage. Il ne perçut pas ce que cette voix hésitante disait de sa résignation. Il ne remarqua pas le regard éteint. Il ne vit que le moment où, à la nuit tombée, ils rentreraient dans l'immense salle du synchrotron, le moment où il mettrait tout en marche, le moment où, serrant la main de Nicola, ils seraient projetés tous les deux dans l'avenir au son fracassant de l'explosion monumentale de milliards de particules. Il sourit avec satisfaction avant d'annoncer :

– C'est pour bientôt.

Il arrive que le temps s'efface, avec lui, les traces disparaissent

Saclay, 13 novembre 2026

C'est Cédric qui découvrit les corps calcinés du physicien et de l'étudiante à l'aube de ce vendredi de novembre. À minuit, Sam appela Cédric pour le prévenir de l'absence de Benjamin et de Nicola. Il lui répondit ne pas les avoir vus, ni l'un ni l'autre :

– Rappelle-moi s'ils ne sont toujours pas là d'ici deux ou trois heures.

À deux heures du matin, Sam composa le 17, tomba sur un policier qui ricana : si son mari était parti avec sa maîtresse, il était bien naturel qu'il ne l'ait pas prévenue, bonsoir madame. À trois heures, elle rappela Cédric, paniquée.

– Ça ne leur ressemble pas, et s'ils avaient réussi à partir ?

– Impossible, dit Cédric, on n'a jamais réussi à reproduire le moindre trou noir.

Mais, bon camarade, il promit de prendre le premier RER B et d'aller inspecter les locaux. À cinq heures, il se leva, s'habilla, s'engouffra dans une rame partant de Denfert. Il arriva sur les lieux en même temps que la police. Le personnel de ménage, qui avait trouvé une partie de l'immense bâtiment du synchrotron noir et fumant, avait donné l'alerte.

Tout, dans cet événement, heurtait la conscience de Sam. Non seulement la mort de son compagnon et le deuil presque impossible qui s'ensuivrait, mais le fait qu'il ait entraîné dans sa folie l'innocente Nicola, et détruit l'un des plus importants fleurons de la recherche nucléaire française.

Bien entendu, Cédric ne dit rien à la police du projet de son ami. Il parla d'accident incompréhensible, de faiblesses dans le système de sécurité. Il tenta de se rapprocher de Sam mais elle le fuyait. La vie poursuivait son œuvre de dépossession. L'organisation des obsèques, cérémonie et inhumation, fut prise en charge par la famille Bruder afin qu'elles aient lieu à Bordeaux. Personne ne prit Sam dans ses bras, personne n'eut le moindre geste de consolation. À peine lui adressa-t-on la parole. Quant au prêtre, il ne la mentionna même pas, effaçant, de ce fait, presque douze ans de la vie de Benjamin. Heureusement, l'appartement étant à elle, les parents et le frère ne purent s'y introduire comme ils en avaient le désir. Sam remplit quelques cartons de vêtements et de papiers ayant appartenu à son compagnon, qu'elle déposa à leur intention dans l'entrée. Après quoi, elle demanda qu'ils la laissent tranquille.

Elle n'en revenait pas de la rapidité de ce dénouement. Tant de mois à attendre, à regarder Benjamin préparer son coup, et soudain, hop, il n'existait plus. Elle aurait dû l'en empêcher. La famille, qui la battait froid, rendait encore plus irréelles les années qui s'étaient écoulées aux côtés de Benjamin. Sam avait l'impression que sa vie avec lui n'avait pas existé, comme si tout avait été, d'un coup, effacé.

Afin de la sortir de sa sidération, Johar Stern lui proposa de s'installer quelque temps à New York. Sam se laissa entraîner sans véritable émotion. Elle rassembla quelques affaires, mit Schrödinger dans une caisse allant en soute et s'envola sans illusions. Mais quelques jours après son arrivée, elle réalisa qu'elle n'avait pas eu ses règles depuis un certain temps et acheta un test de grossesse. Elle était enceinte !

TROISIÈME PARTIE

Futur

Le temps, c'est de l'argent

Delhi, 2267

Sur l'écran de Nikolaï minaudait celle qui se disait princesse. Pourtant Chandra n'était pas plus fille de maharadjah que la petite balayeuse dans sa cour, mais son père avait gagné de l'argent en servant d'intermédiaire dans plusieurs ventes d'armes conséquentes aux Birmans – quoique, même sous la torture, il ne l'aurait pas avoué, car c'était jouer contre son camp. On murmurait que les Indiens procédaient à l'islamisation de leurs voisins. Si cela s'ébruitait, la riposte du gouvernement de Rangoon pourrait être dévastatrice. Les peuples n'apprenaient jamais rien. L'Inde avait été presque anéantie deux siècles plus tôt dans le conflit fratricide avec le Pakistan, qui avait, lui, été rayé de la carte. Puis la vie avait repris le dessus, grouillante, anarchique, inégalitaire, telle qu'elle avait été souhaitée par les dieux, trois millénaires plus tôt. Mais désormais, l'Inde songeait de nouveau à la conquête, à la guerre, il fallait bien occuper les hommes.

Chandra était l'une des meilleures clientes de Nikolaï, elle s'ennuyait tellement dans sa chambre aux couleurs poudrées, aux tissus pailletés. Elle avait grandi en petite fille gâtée, servie par un bataillon de domestiques destinés à parsemer son chemin de pétales de roses. Peine perdue, Chandra était atteinte d'un mal impossible à soigner : l'ennui. Depuis toujours, et plus encore depuis qu'elle avait atteint cet âge adolescent où chaque heure se languit de la suivante, elle vivait dans la hâte d'un événement à venir, si minime soit-il, un dîner où son père avait convié un collaborateur avenant, une sortie en ville avec son amie Daya, un week-end avec la même Daya et un groupe de copines, une soirée à laquelle, potentiellement, son beau cousin Raj assisterait, bref, il y avait toujours un moment à atteindre, qui rendait le présent terne et indésirable.

Nikolaï l'avait ferrée voici cinq ans, alors qu'elle n'était encore qu'une gamine boudeuse et bornée. Ce n'était pas très fair-play car les deux chasseurs s'étaient fixé pour limite de ne pas voler le temps des enfants. Mais Chandra n'avait pas eu besoin d'être démarchée, elle avait entendu parler du mage par la meilleure amie de la mère de Daya, qui s'était vantée de ne plus jamais avoir à patienter : il lui suffisait de recourir aux services de ce Russe aux yeux de lagon. La mère de Daya prétendait qu'il détenait un appareil capable de faire avancer le temps. Ce n'était pas si onéreux, d'autant qu'il récompensait la fidélité en débarrassant son client d'une heure gratuite supplémentaire toutes les vingt-quatre heures escamotées. Chandra disposait de suffisamment d'argent de poche pour s'offrir le retrait de journées entières. Elle et Daya avaient intrigué plusieurs semaines avant de parvenir à entrer en contact avec ce mage, Nikolaï, qui leur avait tout d'abord, conformément à son éthique, refusé l'accès à ces rapts. Autant Daya avait été facile à convaincre – elle attendrait ses seize ans avant de décider si ses heures d'ennui valaient la peine d'être supprimées –, autant Chandra n'avait rien voulu entendre. Après d'âpres négociations qui auraient pu ressembler à du harcèlement si Chandra n'avait pas été si jeune, Nikolaï s'était incliné devant un désir si puissant. Chandra avait pu ainsi embrasser un garçon avant toutes ses amies, bénéficier de manucures sophistiquées, posséder des saris de femme et même fêter ses seize ans avant les autres. À présent, elle approchait de la vingtaine et ne souhaitait rien d'autre que de rencontrer le prince charmant. Pour cela, elle faisait défiler en accéléré les heures qui la séparaient des fêtes, des bals, des dîners entre familles. Toutefois, aucun garçon ne trouvait grâce à ses yeux. Leur peau était toujours trop sombre, leur regard trop noir. Si elle avait dû dessiner son prince, il aurait eu le visage glabre et les yeux clairs de Nikolaï. Hélas, le Russe n'intervenait plus que par écran interposé. Il prétendait que la Chine avait fermé ses frontières et qu'il se trouvait désormais prisonnier à

Shanghai. Tout cela était invérifiable pour une lycéenne. Ce qu'elle savait, c'est qu'elle ne pouvait plus se passer de lui. Rien que de le voir apparaître sur son écran lui donnait des frissons.

Puis le jour était arrivé où le père de Chandra avait perdu patience. À présent, il lui fallait se choisir un mari. À vingt ans, il n'était plus possible de la laisser errer comme une fille des rues. Chandra regretta furtivement d'avoir été aussi impatiente de grandir. En même temps, elle trouvait la perspective du mariage excitante. Comme elle n'avait plus revu, en vrai, Nikolaï depuis trois ans, son amour avait perdu de sa réalité. Il était temps qu'elle se décide. Elle finit par accepter la proposition de Kavi, qui avait été stagiaire dans l'entreprise de son père et s'était montré un collaborateur efficace. Kavi avait une belle carrière devant lui. Il saurait maintenir le niveau de vie auquel son père l'avait habituée. Le mariage aurait lieu dans six mois. Elle avait hâte d'y être. Et ça, c'était du ressort de Nikolaï.

La recherche du temps perdu

Shanghai, 2267

Monsieur Li riait par petites saccades, une sorte de rire constipé qu'il semblait garder pour lui-même. De fait, Ben et Niko se demandaient ce qui pouvait amuser ce vieux Chinois dans le fait que tous ces gens étaient dévorés par l'impatience, incapables de profiter de leur vie. L'un comme l'autre trouvaient plutôt pathétique cette tendance de la nature humaine à penser que ça irait mieux demain, au prix de tant d'heures perdues. Oh, elles n'étaient pas perdues pour tout le monde, Monsieur Li en récupérait une bonne partie qu'il revendait à prix d'or à ceux qui manquaient cruellement de temps : les grands malades, les amoureux adultérins, les gens de lettres et, plus généralement, tous ceux que l'avancée en âge terrorisait, ce qui faisait tout de même une belle clientèle. Les deux Occidentaux collectaient pour lui un temps considérable. Des heures très rentables qui ne lui coûtaient aucun effort. Monsieur Li touchait la moitié des gains des deux chasseurs de temps. Du temps et de l'argent ! Quelle aubaine dans sa vie, cette rencontre !

Monsieur Li avait ramassé ces deux acolytes, sept ou huit ans plus tôt, devant une opiumerie du vieux Shanghai. Peut-être leur opiomanie avait-elle dépassé les limites, peut-être s'étaient-ils montrés violents et le patron les avait-il jetés à la rue, encore blêmes et hagards. Le vieux Chinois n'avait pas particulièrement l'âme charitable, mais ces types caucasiens ne couraient pas les rues. Il en avait entendu parler dans sa jeunesse, il avait même vu des photos de ces Occidentaux à la peau blanche, mais jamais, au grand jamais, il n'avait eu l'occasion d'en croiser un. On disait que l'Europe avait disparu derrière un rideau de fumée, sans doute avait-elle sombré dans l'océan, tandis que l'Amérique était, paraît-il, devenue inaccessible. De toute façon, les voyages ne concernaient plus que des franges très particulières de la population. C'est pourquoi ces deux Européens ou Américains qui se traînaient sur ce trottoir de Shanghai avaient de quoi attirer son attention et sa générosité. Monsieur Li savait reconnaître une bonne affaire. Il avait ramené les deux naufragés chez lui, il serait toujours temps de trouver qu'en faire, peut-être les négocier au plus offrant.

Finalement, personne ne les avait réclamés, et il n'avait

pas eu à les mettre aux enchères, car il avait assez vite compris quel parti il pouvait tirer de ces étrangers.

Une fois arrivés chez Monsieur Li, les deux énergumènes avaient demandé où ils se trouvaient. Shanghai ? Ils avaient l'air surpris, ils ne parlaient pas le chinois, heureusement Monsieur Li disposait d'une machine circulaire lumineuse équipée d'un interprète. Lorsqu'ils avaient demandé la date, pas celle du jour, non, mais l'année en cours, Monsieur Li les avait réellement pris pour des fous. Puis ils avaient posé tant de questions à la fois sensées et hors du réel que Monsieur Li avait eu des soupçons. Se pouvait-il que ces deux-là soient des voyageurs du temps ? Lui-même avait fait l'acquisition, quelques années auparavant, lors de la revente au détail d'un hôpital de Nankin, de deux attrape-temps, des appareils conçus pour aspirer les minutes des uns pour les redistribuer aux autres. Évidemment, ces vieilleries dataient un peu, et Monsieur Li n'était jamais parvenu à les faire marcher. Lorsqu'il eut compris qu'il avait affaire à deux scientifiques, il leur avait mis le bazar entre les mains. Il leur avait proposé de les réparer en échange du gîte et du couvert, ainsi que d'une belle somme d'argent si les machines redevenaient opérationnelles.

Tel avait été leur accord. Le plus viril, le brun, avait pris les choses en main. L'autre, le blond, dont les yeux froids l'effrayaient un peu – Monsieur Li n'en avait jamais vu de semblables, pas même en photo –, paraissait désorienté.

Lorsqu'il n'était pas le nez dans la technologie, le plus viril ne cessait de poser des questions sans jamais répondre à aucune. Monsieur Li avait fini par lui expliquer que l'Occident n'était plus accessible depuis près de deux siècles. Que la Chine était alliée à l'Inde et à la Russie orientale afin d'asservir l'Afrique, ce qu'il restait d'Océanie après la montée des océans, c'est-à-dire quelques îles australes, ainsi que l'Indochine la bien nommée. Au fur et à mesure qu'il leur exposait la physionomie du monde du XXIIIe siècle, il les voyait s'acharner sur les restes de l'attrape-temps comme si ce gadget pouvait les aider à changer d'époque (mais ce n'était qu'un attrape-minutes de rien du tout, pas de quoi franchir, à deux, deux cent cinquante ans).

Une fois que les machines furent en état de marche, Monsieur Li leur avait proposé un nouveau marché leur permettant de trouver du temps en grande quantité.

– Vous manquez d'argent ? Mais le temps c'est de l'argent ! s'était-il exclamé. Rapportez-moi du temps, vous ne manquerez plus jamais d'argent.

Grâce à ses relations bien placées, il pouvait leur obtenir une autorisation de circulation sur tout le territoire allié, Inde, Chine, Russie, de l'est de Moscou à Vladivostok ; et leur fournir un ou deux jet-mobiles susceptibles de les véhiculer en un rien de temps d'un bout à l'autre de cet immense terrain de jeu. Ensuite, à eux de se débrouiller pour récolter le temps et l'argent qui allait avec. Il leur avait fait valoir à quel point voyager était un privilège exceptionnel, à une époque où plus personne n'avait l'autorisation de se déplacer sur de longues distances. Mais attention, qu'ils ne s'avisent pas de se mettre à leur compte. Où qu'ils soient, Monsieur Li saurait les retrouver et les pulvériser. Cinquante-cinquante, c'était le marché. Les deux Blancs avaient topé là. Depuis, Monsieur Li estimait avoir fait une bonne affaire. Il savait qu'il ne récupérait pas exactement la moitié du temps gagné par les deux chasseurs, mais en échange, il empochait plus de la moitié des heures payées par les clients.

L'entreprise tournait incroyablement bien. Monsieur Li n'aurait pas cru qu'autant de gens étaient prêts à donner de l'argent pour qu'on leur retire du temps de vie. Mais il devait bien admettre que tel était le cas. Depuis sept ou huit ans que Ben et Niko – il avait fini par se souvenir de leurs noms – travaillaient pour lui, il avait récolté plus d'un siècle de temps, proportionnable et négociable à prix fort. Au départ, il avait envoyé celui aux yeux clairs en Russie, là où il avait le plus de chances de se fondre dans la population. Du reste, au bout d'un an, le bougre parlait couramment le russe, au point de prétendre être originaire de Moscou et s'appeler Nikolaï. Si cela pouvait contribuer à accroître son rendement, Monsieur Li n'y voyait pas d'inconvénient. Après tout, ce n'était peut-être pas faux, ces deux-là n'avaient jamais avoué leur provenance spatio-temporelle. Ils restaient muets comme des carpes lorsqu'il tentait de les interroger. Au fond, il s'en fichait pas mal du moment qu'ils lui apportaient la fortune. Il les avait logés dans un petit appartement qu'il possédait dans une tour de l'Est en leur faisant remarquer qu'ils devaient se sentir privilégiés de vivre dans les airs. Dans les zones urbaines, la plupart des gens grouillaient désormais sous terre.

Le temps n'apporte pas nécessairement le progrès

Shanghai, 2267

Moins d'une semaine après leur installation dans le petit deux-pièces au vingt-quatrième étage de la tour Jade, Ben et Niko avaient compris que tout l'immeuble appartenait à Monsieur Li. Avec pareille fortune, il aurait pu leur proposer un espace où chacun aurait eu sa chambre mais ils n'avaient pas protesté, premièrement parce que la plupart des familles chinoises s'entassaient à plusieurs générations dans des espaces tout aussi exigus, la promiscuité y étant peut-être culturelle ; deuxièmement parce qu'il aurait fallu révéler que Niko n'était pas un garçon, ce qui aurait pu le mettre en danger, surtout en Inde ou en Russie. Par ailleurs, Nicola se souvenait de ses années en tant que garçon auprès de Newton comme des plus heureuses de sa vie. Être fille ne lui avait jamais porté chance. En tombant sur ce trottoir de Shanghai, elle avait saisi sans plus y réfléchir l'opportunité d'endosser de nouveau ce genre plus sécurisant. Quant à Benjamin, il avait compris, dès le moment où il avait prononcé son véritable prénom devant Monsieur Li, qu'il était beaucoup trop déroutant pour ses nouveaux contemporains. Ben était neutre, facile à prononcer, parfait en somme.

La chambre à coucher comportait deux lits d'une personne qui laissaient à peine la place pour tourner autour. La salle d'eau était à cette image, petite et fonctionnelle. La cuisine, sans grand charme, permettait de prendre ses repas à deux, et cela suffisait à leur bonheur en libérant la salle de séjour. Ainsi, sans avoir besoin de se le dire, ils s'étaient saisis d'un des deux lits et l'avaient porté dans le séjour pour y faire la deuxième chambre. Chacun respectait la solitude de l'autre.

Au lendemain de leur arrivée, ils avaient voulu comprendre pourquoi ils avaient échoué là plutôt qu'ailleurs, à cette date plutôt qu'à une autre. Ils n'avaient pas mis longtemps à découvrir, proche de Shanghai, la présence d'un site de recherche nucléaire doté d'un accélérateur de particules. Sans doute un problème avait-il surgi lors d'une expérience, ils ne le sauraient jamais, tout était si opaque dans ce pays. Ce qu'ils savaient, c'est que l'appel d'air avait dû être colossal pour les aspirer dans ce couloir, ce trou de ver, qui les avait fait passer de 2026 à 2259. Niko, qui subissait cette déportation pour la deuxième fois, voulait absolument en comprendre le processus. Ben le connaissait en théorie, mais s'étonnait que des équations puissent devenir à ce point une réalité.

Il avait tenté de calculer la courbure de l'espace-temps qui s'était ainsi resserrée et avait laissé passer un corridor entre deux époques qui auraient dû rester disjointes. Puis il y avait renoncé : à quoi bon, ils étaient là, c'est ce qui comptait. Niko aurait dû prendre les choses avec plus de philosophie que Ben, l'époque qu'il venait de quitter n'était pas la sienne après tout, il n'y abandonnait ni amis, ni conjoint, ni parents. Pourtant, alors que Ben semblait excité et curieux de tout, Niko avait passé ses premières semaines chinoises dans un état de profond abattement. Ces grands buildings n'étaient pas pires que les bas-fonds de Londres dans lesquels il était né, ce n'était pas son nouvel environnement qui le déprimait. Sa mini-chambre en haut de cette tour était bien assez confortable à son goût. Mais à Paris, il avait eu l'impression de vivre pleinement, pour la première fois. Même si sa courte existence avait été bien remplie : de gamin des rues, il était devenu le petit *fellow* de Newton ; puis, à Paris, tout l'avait émerveillé, à commencer par la douceur de Sam qui lui avait ouvert sa porte, sa garde-robe et son cœur. Se pouvait-il que ce bonheur à peine entrevu lui soit si vite arraché ? Fallait-il qu'il se prépare à un nouveau déplacement et, dans ce cas, pourquoi s'attacher à quoi que ce soit ? Se penser comme un garçon l'aidait à s'endurcir. *Tout nous sera retiré*, avait-il pensé. Puis, de toutes ses forces, il s'était dit : *Je dois m'y habituer*. La vie n'est faite que de changements, autant les accepter, ce que, dans un premier temps, semblait faire Ben sans difficulté. Puis, tandis que Niko s'accoutumait à ce nouveau mode de vie, Ben avait pris conscience de ce que tout cela n'était pas seulement une expérience mais leur véritable existence désormais. Peut-être avait-il pensé que son nouveau métier lui ferait vite disposer du nombre d'heures, de semaines, d'années susceptible de lui permettre de racheter deux siècles et demi. Mais il avait dû reconnaître que les siècles sont longs lorsqu'il faut les gagner à la sueur de son front.

Tout ce qui l'avait tant fasciné dans cette nouvelle époque lui avait rapidement paru vain : les déplacements ultrarapides d'une poignée d'individus, la sédentarité des autres, les galeries souterraines permettant de loger une population sans cesse grandissante, les communications raffinées au plus haut point, plus besoin d'outil intermédiaire pour se parler – il suffisait de connecter la puce de son cerveau au réseau, les ondes faisaient le reste, c'était si pratique. Sauf que Ben et Niko n'avaient pas de puce dans le cerveau et peinaient à entrer en contact l'un avec l'autre lorsqu'ils se trouvaient séparés par quelques milliers de kilomètres. Monsieur Li avait fini par leur trouver un bracelet-montre capable d'envoyer des messages en temps réel. Ben en avait été grandement soulagé. Niko, qui avait passé la majeure partie de sa vie sans rien connaître du téléphone ou des communications longues distances, et sans éprouver le besoin d'entretenir une relation avec qui que ce soit, s'en moquait un peu. La personne avec laquelle il aurait aimé parler – Sam, qui avait été sa seule amie – était devenue inatteignable. Le reste lui était indifférent.

Lors de son premier voyage, lorsqu'elle s'était retrouvée projeté au XXIe siècle, Nicola avait pu prendre des nouvelles de Newton, même si ce mot pouvait paraître un peu fort pour des informations d'une fraîcheur discutable. Tout du moins avait-elle pu connaître la fin de l'histoire : la dépression du fragile scientifique, son abandon définitif de l'alchimie, ce qui continuait à laisser Niko perplexe. Le Newton qu'il avait connu ne vivait que pour son laboratoire, tout le reste était pour lui vile occupation : le professorat, les mathématiques, et toutes ces choses que le commun des mortels avait estimé devoir être du ressort d'un grand savant. Un Newton se complaisant dans une occupation très officielle, acharné à démanteler des réseaux de faux monnayeurs, c'était presque invraisemblable. Toujours est-il que Nicola avait appris la postérité de son bienfaiteur et que cela l'avait aidée à surmonter son éloignement.

Puisque cela avait marché une première fois, Niko pensait qu'il devait exister un moyen pour connaître la vie qui avait été celle de Sam après leur départ. Ce n'était pas aussi simple qu'au XXIe siècle, en France. Le peuple de Chine paraissait déconnecté des sources centrales d'informations. Les ordinateurs nouvelle génération, ces machines circulaires lumineuses, étaient capables de calculs complexes, d'aide à l'écriture, et d'accès à une pensée prémâchée. Mais ils ne proposaient aucun renseignement sur l'histoire, la philosophie, la littérature ou la poésie. Quant à l'Occident, il semblait n'avoir jamais existé, n'avoir laissé aucune trace, nulle part. Cette sensation d'oubli était effrayante.

Ben disait qu'ils avaient eu de la chance de tomber sur Monsieur Li, qui possédait quelques notions de toutes ces matières perdues. Pour les autres, qui vivaient sans histoire, donc sans passé, leur vie d'avant ne recouvrait aucune réalité tangible.

Lorsqu'ils eurent commencé à se déplacer dans l'empire allié, à fréquenter des grands aristocrates de la finance, de l'armement, du trafic de substances lénifiantes, ils avaient espéré que, dans l'une ou l'autre de ces familles, ils trouveraient des terminaux reliés à de véritables centres de renseignements. En vain. Toute culture de cette sorte s'était évanouie. Ils avaient tenté de s'imprégner de ce nouveau siècle si peu aimable, qui semblait réunir en lui les pires travers de toutes les sociétés qui l'avaient précédé. Les classes laborieuses y vivaient aussi pauvres, sales et entassées qu'à Londres au XVIIe siècle, les riches y étaient plus oisifs que jamais, ce qui était la grande chance de Ben et de Niko. L'ennui qui avait saisi la classe supérieure depuis des décennies la rendait perméable à l'idée de temps perdu. Chez eux, un grand nombre d'heures ne servait pas à grand-chose. Les deux commerçants avaient rencontré très peu de résistance. Monsieur Li avait tout d'abord pensé qu'il leur faudrait acheter le temps à bas prix, pour le revendre à un prix exorbitant. C'était le principe même du commerce. L'idée de génie, c'est Ben qui l'avait proposée : il fallait se présenter non pas comme des acheteurs de temps mais comme des prestataires de services. Faire payer les clients pour l'accès à cette machine merveilleuse qu'était l'aspirateur de temps. Ainsi nos deux escrocs pouvaient recevoir dans un même geste la marchandise (le temps volé) et l'argent de la marchandise (la prestation de la machine). C'était fabuleux ! Dès lors, leur succès n'avait cessé de croître. Les demandes jaillissaient de tous les pays orientaux, de toutes les classes sociales. Même en offrant sa part à Monsieur Li, après huit ans, Ben et Niko n'étaient pas loin de posséder, chacun, deux siècles de temps disponible. Leur espoir de pouvoir rembobiner les années et retrouver le Paris de 2026 n'était peut-être plus une chimère.

L'ennui est une maladie mortelle

Delhi, 2270

Le mariage de Chandra fut spectaculaire. Trois journées de faste et de fêtes. Le fiancé était beau comme une affiche publicitaire, sourire éclatant, cheveux gominés, regard de braise. Ces quelques jours, Chandra pensa qu'elle avait de la chance que le protégé de son père soit aussi parfait. Pour la première fois, elle ne souhaitait pas accélérer le processus, elle profitait de son statut de reine. Les femmes étaient aux petits soins pour la masser, la pomponner, l'habiller, la coiffer, la maquiller. Elle ne dormait pas encore aux côtés de Kavi. Chandra fut la plus jolie mariée de Delhi, avec ses bijoux à profusion et ses fleurs dans ses cheveux noirs. Puis, malgré l'absence d'intervention de Niko, ces heures magiques prirent fin, la famille et les amis s'en retournèrent à leurs occupations.

La nouvelle mariée et son époux emménagèrent dans l'ancien pavillon de chasse de la propriété familiale. Le père de Chandra avait veillé à ce que les travaux de rénovation soient achevés pour les noces. La jeune femme n'avait pas eu son mot à dire sur le choix des matières et des couleurs. Sa mère affirmait que rien ne saurait être de meilleur goût que cette nouvelle maison. Du reste, Chandra partageait l'inclination de ses parents pour les jaunes soleil, les roses vifs et les verts fluo.

Le premier soir, Kavi fut maladroit et gêné de devoir poser les mains sur la fille de son patron. Il ne réussit pas à honorer son épouse. Un peu de bienveillance l'aurait certainement aidé et la chose aurait été réglée en deux ou trois jours. Hélas, la capricieuse Chandra adressa à son décevant mari un regard si méprisant que son ardeur demeura glacée aussi bien le lendemain soir que les suivants. Au point qu'à la grande honte du jeune homme, son beau-père finit par le prendre à part pour lui demander s'il souffrait d'un quelconque problème médical. Bafouillant, au bord des larmes, Kavi finit par avouer sa timidité et la perte de ses moyens devant une si grande attente. Le père de Chandra partit d'un rire gras. Ah, ce n'était que ça ! Il ne fallait pas se mettre en frais pour si peu, les femmes devaient être domptées et non l'inverse.

– C'est à toi de monter ta pouliche comme tu l'entends ! Le respect, c'est pour le salon. Dans la chambre, tu prends ton dû !

Trop heureux de bénéficier des encouragements de son beau-père, Kavi changea de méthode. Il tira Chandra par les cheveux, la força à se mettre à quatre pattes et la prit en levrette sans autres formes de préliminaires. La jeune femme poussait des glapissements de protestation qui l'excitaient tellement qu'il l'honora trois fois de suite. Quand elle put se relever, Chandra constata que la brûlure de ses genoux n'était pas une vue de l'esprit. Ils étaient à vif, sa peau avait été arrachée. Terrorisée par le nouveau visage de son mari, elle n'osa pas hausser le ton mais se plaignit à sa mère, qui ne put que lui mettre un peu de pommade sur ses rotules en lui disant de prendre son mal en patience. Lorsqu'elle serait enceinte, elle pourrait demander une trêve. Dès lors, Chandra eut de nouveau recours aux services de Niko. Si le temps qui la séparait de sa grossesse pouvait lui être épargné, elle était prête à payer une fortune.

Ce n'est pas le temps qui laisse des traces mais le passage des vivants

Irkoutsk, 2270

Nikolaï qui, dans un premier temps, avait prétendu qu'il était russe, avait fini par prendre son mensonge pour la réalité. Sa capacité à se fondre dans n'importe quel milieu, n'importe quelle culture, il l'avait mise en pratique depuis si longtemps qu'on aurait pu le surnommer Caméléon. Dans cette région du monde, les gens étaient plutôt grands et fins, comme lui, leurs iris parfois clairs. Mais leurs pommettes étaient plus saillantes, leurs yeux plus bridés, leur ossature plus solide. Ils avaient cependant conservé la mémoire des Russes de l'Ouest, des légendes des pêcheurs de la Baltique et pouvaient croire sans mal à l'ascendance pétersbourgeoise de Nikolaï. Ils le révéraient même pour cela, comme une relique précieuse. Ils étaient globalement moins riches, mais aussi moins pauvres qu'en Inde. Pour autant, ils étaient tout aussi avides de voir le temps passer. Les hivers étaient longs, froids, sombres. Vivement l'été ! Vivement la saison des baies sauvages, de l'herbe odorante, des lacs limpides et de la poussière chaude ! Niko n'avait plus qu'à moissonner ce désir. Fini, les neuf mois de boue et d'humidité. Il pouvait les réduire à quelques semaines de poêle brûlant, de samovar convivial et de contes de grand-mère. Un automne pouvait lui rapporter jusqu'à vingt ou trente ans. À force de le revoir chaque année, les habitants des grandes steppes blanches comme ceux des villes noires et glacées l'accueillaient tel un prophète. Il étendait chaque année son champ d'action.

Ce mois d'octobre-là, il fut invité dans une nouvelle propriété, un haras où vivaient des centaines de chevaux, non loin de l'ancienne Mongolie. Le maître de maison n'était pas certain de vouloir accélérer le temps, mais il était curieux de connaître le mage capable de cette prouesse. Nikolaï savait se tenir droit, esquisser un sourire poli et ne rien lâcher des secrets de son activité. Il n'était qu'un exécutant doué. Pour l'amadouer, le patriarche lui fit visiter ses écuries, lui proposa de monter à cheval, invitation immédiatement déclinée. Sentant qu'il aurait plus de chance avec le domaine intellectuel, il l'invita dans son bureau où il possédait un trésor transmis de génération en génération depuis trois siècles : une bibliothèque. Les rayonnages s'étaient enrichis au fil des ans jusqu'à ce que les livres disparaissent des magasins, près de deux siècles auparavant. Niko resta bouche bée devant les mètres linéaires garnis de volumes de toute taille, de toute nature. Cela faisait tant d'années qu'il n'avait plus vu un livre que cette accumulation lui parut extraordinaire. Il y avait là de la littérature russe, ainsi qu'un grand nombre de romans français, surtout ceux du XIXe qui avaient inspiré Tolstoï ou Dostoïevski. Plus étrangement, Niko remarqua quelques volumes en langue anglaise dont il ignorait la plupart des auteurs. Peut-être ces derniers étaient-ils postérieurs à leur départ. Nikolaï songea aux quarante versions de *Bermuda* sur lesquelles travaillait Sam. Son hôte avait-il entendu parler de Johar Stern ? Effectivement, il possédait un exemplaire de *Bermuda XIII*. Cela mit Niko dans une joie extrême. Il existait donc un lien entre ce monde hostile et leur vie d'avant. Sam ne s'était peut-être pas trompée en anticipant une postérité pour son écrivaine fétiche. Devant l'enthousiasme de son invité, le riche boyard lui promit de se renseigner au sujet de cette Johar Stern à laquelle il n'avait jamais prêté attention. En attendant, il lui fit cadeau d'un exemplaire de sa collection américaine : un roman écrit par une certaine Joey Bloom dont Niko n'avait jamais entendu le nom auparavant et pour cause, le texte avait été publié plus de trente ans après leur départ. Niko remercia son hôte avec effusion et lui offrit la soustraction gratuite des mois d'hiver.

Ni lui ni Ben n'avaient de goût particulier pour les romans. L'un comme l'autre préféraient les textes scientifiques ou philosophiques. Mais ils avaient été si frustrés de n'avoir rien pu lire durant ces dernières années, de n'avoir plus entendu leur langue, que ce soit le français ou l'anglais, qu'ils se jetèrent sur le texte de cette Joey Bloom. Les renseignements fournis en quatrième de couverture étaient maigres. *Now* était le troisième roman d'une jeune Américaine qui décrivait un monde futur dans lequel les enfants étaient, pour leur bien-être psychologique, conçus artificiellement puis élevés par des professionnels dans des instituts calibrés pour leur apporter un savoir sans aspérités. Des connaissances efficaces et simples leur assuraient une vie lisse. L'héroïne de cette histoire, bravant les interdits, partait à la recherche de son père biologique.

Ben et Niko avaient soif de leur civilisation perdue, de leur langue oubliée. Ils lisaient et relisaient *Now* comme pour pouvoir le réciter un jour. Niko fut le premier à s'en lasser. Après tout, ce n'était pas vraiment leur monde, mais l'anticipation d'un futur qui n'était pas advenu. Certes, la langue lui plaisait mais après tout, ne parlait-il pas chaque jour avec Ben indifféremment anglais ou français ? Pour Ben, il n'était pas question d'abandonner cette lecture en boucle. Il lui semblait que chaque phrase lui était adressée. À cela, il comprit que sa dépression était loin de l'avoir lâché.

Si le temps est argent, alors il est négociable, échangeable et remboursable

Irkoutsk, 2271

À l'automne 2271, Nikolaï repartit pour sa tournée annuelle en Sibérie méridionale. Il était impatient de revoir le riche érudit de l'année passée. Cependant, il avait appris, au contact de ses clients, à modérer ses ardeurs. L'attente était souvent payante. Les retrouvailles n'en furent que meilleures.

– Vous étiez venu plus tôt l'an passé, lui reprocha le gros propriétaire.

– J'ai eu plus de travail, de nouveaux clients m'ont retenu plus longtemps que prévu, répondit Nikolaï comme si tout cela n'avait guère d'importance pour lui.

Bien lui en prit car le boyard, qui avait l'intention de se faire prier, voire de monnayer ce qu'il savait en échange d'une nouvelle aspiration gratuite des mois d'hiver, en fut marri et d'autant plus soucieux de partager rapidement les informations glanées durant l'été.

– Je me suis renseigné sur votre Johar Stern, annonça le propriétaire d'un air content.

– Ah, j'avais oublié, répondit Nikolaï en feignant l'indifférence, mais je vous en remercie. Cette auteure a-t-elle connu le succès ?

– Eh bien, on peut presque dire cela. Une universitaire lui a consacré un ouvrage important qui a contribué à faire connaître la romancière au grand public. Cette biographie s'intitule *Imperceptiblement*. Elle est sous-titrée *Cinquante années d'une œuvre majeure*.

– Cinquante ? s'étonna Nikolaï. Mais il n'y avait que quarante versions de *Bermuda* lorsque nous sommes partis !

– Plaît-il ? fit l'hôte interloqué.

– Non, je veux dire qu'à ma connaissance il n'existait que quarante versions de *Bermuda*. Comme quoi, je m'étais trompé.

– Eh bien, vous étiez déjà fort bien renseigné. Qui connaît encore ce titre ? Personne ici. Toujours est-il que la directrice des archives m'a fait une grande faveur en retrouvant le livre écrit par cette chercheuse sur cette romancière. Elle me l'a même prêté pour vous. Je ne peux pas vous le laisser, vous comprendrez.

– Parfaitement, vous m'aviez déjà fait une immense faveur en m'offrant *Now* de Joey Bloom.

– Ah, il vous a plu ? Quel bonheur ! Mes enfants ne s'intéressent pas du tout à ma bibliothèque. Il faut dire que moi-même, j'y mets rarement le nez. Regardez, voici le livre dont je vous parlais, *Imperceptiblement.* De Samantha Goodman.

– Samantha Goodman ? répéta Nikolaï, surpris.

– Oui, c'est un nom occidental des temps anciens. Vous connaissez cette universitaire ?

– Non, répondit Nikolaï dont le cœur battait violemment.

Il n'ignorait pas le prénom de naissance de Sam mais elle avait prétendu le détester. Pourquoi avoir brusquement décidé de le rendre public ? Et pourquoi avait-elle transformé Gutmann, son patronyme qu'elle aimait, en un nom américain sans intérêt ? Que s'était-il passé dans la vie de Sam après leur départ ? Il prit soudain conscience du temps qui s'était écoulé. Sam était morte depuis longtemps. Niko ressentit une douleur vive dans l'épaule gauche, en même temps qu'une profonde tristesse. Comment savoir ce qu'avait été sa vie ? S'il n'avait pas eu cet immense espoir d'effacer prochainement ces deux siècles, il se serait laissé dépérir. Il feuilleta avec précaution l'ouvrage dont les pages avaient jauni. Il lisait trop mal le français littéraire pour comprendre toute la subtilité des phrases mais il fut ému à la seule pensée qu'il s'agissait de ses mots à elle. Ainsi, elle était allée au bout de sa thèse, au bout de son envie de rendre accessible l'œuvre de cette étrange écrivaine. Cela le réjouit tristement. Il l'imagina, seule, avec Schrödinger, dans cet appartement parisien qu'il avait tant aimé. Il se revit tel qu'il était alors, une jeune femme avide de savoir, de relations, d'émotions, pleine de jeunesse et des étoiles dans les yeux et le cœur. Cet être-là était aussi mort que les immenses avenues de Pékin lorsque Xi Gao sortait ses chars. Il n'avait connu le bonheur véritable que lors de ces soirées animées, entre Sam et Benjamin, qu'il avait aimé tout autant, mais le Ben avec lequel il cohabitait depuis des années n'avait plus rien à voir avec ce jeune homme-là. Lui aussi avait brûlé son cœur en laissant sa vie derrière lui. Ce qu'ils vivaient tous les deux, au vingt-quatrième étage de la tour Jade, était aux antipodes de ce que l'on appelait jadis *vie*.

Le patriarche pouvait voir les émotions passer dans le regard de Niko, pourtant si froid. Il n'en comprenait pas les raisons – un immense besoin de culture sans doute, cela lui était étranger. Malin, il proposa :

– Je vous offre ce livre si vous voulez, en échange des mois d'hiver.

Niko leva un œil incrédule :

– Vraiment ?

Le boyard crut que son interlocuteur rechignait. Il ne prisait pas tant les livres pour leur accorder le prix d'autant de jours. Il se reprit :

– Je peux vous offrir aussi un autre roman de Joey Bloom puisque vous avez aimé celui de l'année passée, ainsi que le roman de Johar Stern sur lequel vous vous étiez attardé alors.

– Affaire conclue, dit Nikolaï.

L'homme fendit son visage d'un immense sourire. Il se sentit fort et futé. Cet hiver ne lui coûterait rien. Il se réveillerait demain au printemps pour le prix de trois vieux livres sans intérêt.

L'histoire, transmise par les générations, a façonné l'existence du temps

Shanghai, 2272

Ben tournait et retournait entre ses mains le livre de Sam sans cesser de pleurer. Ainsi, elle avait réalisé son rêve. La photo, sur le rabat, la montrait en compagnie de Johar Stern. Ben pouvait voir que Sam avait vieilli, de fines pattes-d'oie au coin des yeux, une fossette un peu plus creusée sur la joue, et une coupe courte. C'était étrange, il l'avait toujours connue avec les cheveux longs. Il aimait les lui coiffer : tresses, chignon, macarons, ça la faisait rire. Peut-être les avait-elle coupés pour surmonter la tristesse de ne plus l'avoir à ses côtés. Ce visage de Sam jailli du passé lui donna envie de mourir sur-le-champ, d'effacer par sa mort son immense bêtise. Qu'était-il venu chercher dans cet abominable futur ? Il avait cru qu'il pourrait aimer Nicola, que ce voyage serait sa manière de l'avoir enfin toute à lui. Quelle bêtise ! Pauvre Nicola ! À Paris, elle avait commencé à s'épanouir. Elle devenait une vraie jeune fille, il s'était cru l'artisan de cette renaissance, il en avait conçu un sentiment qu'il avait pris pour de l'amour alors que ce n'était qu'une forme puérile d'autosatisfaction. À peine s'étaient-ils relevés de ce trottoir sale sur lequel ils avaient échoué que Ben l'avait compris : Nicola ne serait jamais heureuse avec lui, ni lui avec elle. Il n'avait aimé sincèrement qu'une seule femme, qu'il venait d'abandonner pour un leurre. Nicola s'était repliée. Niko, avait-elle répondu à Monsieur Li qui lui demandait son nom. Ben avait pris ce visage désormais fermé, presque hostile, pour une punition méritée.

Mais à présent, Niko regardait avec une certaine tendresse les larmes de Ben qui semblaient ne plus pouvoir s'arrêter.

– J'ai aspiré l'hiver en échange des livres.

– Tu as bien fait. Oh, comme tu as bien fait ! Nous avons quatre livres désormais, nous sommes riches. Viens, nous allons fêter ça. J'espère tellement qu'elle a été heureuse.

– Elle a l'air heureuse sur la photo, dit Niko.

– Je ne sais pas, je ne retrouve pas l'éclat de son regard.

– C'est une petite photo en noir et blanc, c'est difficile de savoir. En tout cas, elle a continué à travailler sur son projet. C'est bien. Si on pouvait utiliser un véritable ordinateur, on pourrait peut-être en savoir plus.

– Ce n'est pas tant l'ordinateur que les banques de

données qui nous manquent. Il faudrait avoir accès au système central américain. D'ici, c'est impossible.

– Impossible pour nous, pas forcément pour les dirigeants. Il existe probablement un hub chinois relié au reste du monde. On devrait négocier avec Monsieur Li.

Ben considéra le visage sérieux de Niko. Il avait raison. Monsieur Li était bien le genre à avoir ses entrées en haut lieu. Ne leur avait-il pas obtenu en un rien de temps deux licences de navigation dans un ciel où les couloirs aériens avaient presque tous été fermés ? Et ces immeubles qu'il semblait posséder un peu partout en Chine… Il était riche et puissant depuis bien avant l'arrivée de Ben et de Niko, et le commerce du temps l'avait considérablement conforté dans sa position dominante. De surcroît, il consommait un peu de sa marchandise, ce qui avait pour effet de stopper son vieillissement. Il y avait fort à parier que le vieux Chinois aurait beaucoup à perdre à ne pas satisfaire les désirs de ses deux associés.

De fait, Monsieur Li prit très au sérieux les demandes de renseignements. Il aurait bien voulu savoir pourquoi le XXIe siècle les intriguait davantage que le XXe par exemple, qui n'avait pas manqué de piquant, mais soit, il chercherait tout ce qu'il y avait à savoir sur Johar Stern et Samantha Goodman.

– Nous aimerions avoir nous-mêmes accès aux données. Vous savez ce que c'est, on ouvre une page et puis une information fait penser à une autre, alors on ouvre une autre page, et ainsi de suite, expliqua Ben, comme si tout cela était naturel.

– Comment savez-vous tout cela ? demanda Monsieur Li, soudain suspicieux. Cette manière de fonctionner a pris fin, en Chine, depuis plus d'un siècle. Seriez-vous des espions envoyés par l'Europe ?

Monsieur Li ne pouvait envisager que les deux Caucasiens puissent venir de si loin dans le passé. Pour lui, les transferts de temps ne pouvaient excéder quelques années, quelques décennies à la limite.

– Si nous l'étions, nous n'en serions pas réduits à vous demander ce que l'Europe est devenue, protesta Ben avec un certain dédain. Bien sûr, nos origines sont européennes, ça se voit tout de suite. D'où notre curiosité. Mais l'Europe est perdue pour nous. Nous avons connu internet à l'époque où l'accès était libre. Qu'est-ce que cela signifie : « L'Europe a disparu derrière un écran de fumée » ?

– C'est exactement ça, dit Monsieur Li, plus personne ne peut accéder à ce qui fut l'Europe. À la place, on n'y trouve que de la fumée. Je ne peux rien vous dire de plus. Vous l'avez constaté par vous-mêmes. Au-delà d'une certaine limite, votre véhicule entre dans une zone de brouillard, vos écrans s'éteignent et vos radars s'affolent, ce qui vous oblige à rebrousser chemin. Je ferais tout ce qui est en mon pouvoir pour vous être agréable mais, croyez-moi, il n'y a pas moyen d'en savoir davantage.

Quant à l'Amérique, elle est la terre du système central, entièrement gouvernée par l'intelligence artificielle. Il est absolument impossible de s'y rendre. Toutes sortes d'objets connectés gardent les côtes, du nord au sud. Votre engin serait abattu en quelques secondes. Pourquoi cette insatiable curiosité ? Le monde n'est-il pas assez grand ? La Sibérie, l'Asie centrale, l'Asie du Sud-Est, l'Afrique, l'Océanie, ça suffit pour s'amuser, non ? Ah, bien sûr, je comprends que vous aimeriez être éclairés sur vos origines mais vous savez, nous les Chinois n'en savons pas plus. Nous sommes si nombreux que nous ne pouvons guère remonter plus loin que la génération de nos grands-parents. Quel bénéfice y aurait-il à en apprendre davantage ? Un Chinois est toujours un Chinois et un Européen un Européen, même si ce peuple a aujourd'hui disparu. Regardez, vous êtes là, vous. N'est-ce pas le principal ?

– Que s'est-il passé ? Le savez-vous ? demanda Niko avec anxiété.

– Pour l'Europe, sans doute a-t-elle été détruite par quelques bombes. Qui peut savoir ? Personne. Les guerres n'ont jamais cessé. Même l'Inde a failli disparaître. Elle ne doit son salut qu'à sa population surnuméraire. Ne regrettez rien. Vos ancêtres étaient prétentieux au point de n'avoir pas vu venir les problèmes. Réjouissez-vous d'avoir eu des parents qui sont partis à temps. Les physiques occidentaux ne sont plus très nombreux dans ce monde. Pour ce qui est des gens que vous évoquez,

Samantha Goodman, Johar Stern, je n'en avais jamais entendu parler, mais ce n'est pas étonnant, plus personne ne connaît la littérature occidentale. Elle a sombré dans l'oubli.

Ben souhaitait plus que tout fuir l'antre nauséabond du vieux Chinois. Et repartir en quête de temps pour en finir une fois pour toutes avec cette époque affreuse. Lorsqu'il retrouverait la femme de sa vie, il se jetterait à ses pieds pour se faire pardonner. Leur stock avait dépassé les deux siècles chacun, à présent. Encore quelques décennies à capturer et ils pourraient envisager le retour.

L'impatience est notre pire ennemie

Delhi, 2272

Après la naissance de Ganesh, Chandra n'avait plus eu le loisir de craindre les assauts de son mari. Toute la famille était fière de sa performance, l'héritier était arrivé, Chandra avait fait du bon travail. Ce n'était plus nécessaire de lui sauter dessus tous les soirs pour tenter de l'engrosser. De plus, au cours des mois de grossesse, Kavi s'était trouvé une petite maîtresse en ville avec laquelle il était doux comme un agneau, ce qui convenait mieux à son tempérament. L'idée de devoir de nouveau saillir sa femme comme une jument ne lui plaisait guère. Il savait bien qu'il lui faudrait en passer par là pour le deuxième enfant – tant attendu par la famille – mais il pouvait se donner un peu de temps avant de se remettre à la tâche. Heureusement pour lui, la pauvre Chandra avait été bien abîmée par le passage du bébé, qui était gros et placide. C'était un bon prétexte pour fuir : « Repose-toi, ma chérie, prends soin de notre fils, je m'occupe de tout le reste. » Grand seigneur. Il quittait le domicile à sept heures avec son beau-père et rentrait avec lui vers vingt et une heures. Après le déjeuner, il disposait de deux bonnes heures pour faire la sieste, mais, trop fringant pour cette activité, il préférait rejoindre la petite Priyanka. Cette vie lui convenait si parfaitement qu'il n'en revenait pas de tant de bonheur. Son beau-père le considérait avec respect. Kavi était parvenu du premier coup à faire ce que le vénérable n'avait jamais réussi : engendrer un fils. Après Chandra, le patriarche avait eu trois autres filles dont il confondait parfois les prénoms. Ganesh était la réparation de tout, une assurance de vie après la mort.

Pour Chandra, Ganesh était surtout un tube digestif qui se vidait par tous les bouts, braillait de manière convulsive, le visage pourpre, la bouche tordue, et réclamait sa pitance toutes les trois heures. Dans la journée, Chandra pouvait encore déléguer les changes et les ablutions, mais la nuit, être tirée du sommeil, devoir dégrafer sa chemise pour s'offrir à cet ogre impitoyable lui paraissait cauchemardesque. Au secours, Nikolaï !

Même s'il avait désespérément besoin de ces semaines, Nikolaï trouvait malhonnête d'accélérer la maturation de ce bébé. Chandra le supplia tant et plus. Juste le temps qu'il fasse ses nuits, dit-elle. Nikolaï finit par céder, de toute façon, elle le harcèlerait jusqu'à obtenir ce qu'elle souhaitait. Elle avait été une petite fille à qui rien n'avait jamais été refusé. Lorsque Ganesh commença à se traîner partout à quatre pattes, les parents de Chandra la mirent en garde. Elle devait le surveiller en permanence. Un petit, remuant comme ça, se blesse avec un rien. Vivement qu'il soit sage, pensa Chandra. Et elle fit de nouveau appel à Nikolaï. Par chance, Ganesh eut, dès quatre ans, le tempérament contemplatif d'un poète et sut se tenir tranquille dans sa chambre ou au jardin. Ce fut le moment où la pression familiale revint en force : à quand le deuxième ? Un héritier, c'est bien, mais ça ne compose pas une famille. Kavi se résigna à quelques visites nocturnes à son épouse. Cela lui pesait moins que la première fois. Il disposait de sa propre chambre et savait qu'il la rejoindrait une fois l'affaire faite, c'était une perspective joyeuse. Et puis il avait pris de l'assurance auprès de Priyanka. Il n'avait plus besoin de brutaliser Chandra pour parvenir à l'honorer. Chandra en fut agréablement surprise. Non pas que la chose lui ait plu, mais au moins elle ne souffrait plus le martyre. Ce qui lui rendait ce moment pénible était la perspective de devoir tout recommencer avec un autre bébé.

À la naissance d'Ajay, elle se servit de Nikolaï comme une droguée. Elle ne pouvait plus se passer du Russe. Plus aucun moment présent ne trouvait grâce à ses yeux. Pour connaître enfin la paix, elle voulut qu'Ajay atteigne vite ses quatre ans. Mais, peine perdue, son deuxième fils n'avait pas la sérénité de l'aîné. Il courait dans la maison toute la journée en faisant mine de tirer à la kalachnikov et en poussant des cris de guerrier. Chandra était effondrée. C'était toute sa vie qu'elle aurait voulu effacer. Lorsqu'à sept ans Ajay se calma un peu grâce à l'apprentissage de la lecture, Chandra vit, dans son miroir, la vérité de ce qu'elle avait si ardemment désiré : elle était une femme qui avait dépassé trente-cinq ans, dont le visage commençait à exprimer des signes de fatigue. Elle se promit de profiter désormais pleinement de son existence. Ses fils pourraient se débrouiller seuls. Elle retrouverait ses amies, ses sorties en ville, un peu de sa liberté d'adolescente. Hélas, son père mourut brutalement d'une crise cardiaque et sa mère fit une chute dans l'escalier de marbre, ce qui la laissa en partie paralysée. Kavi prit la direction de l'entreprise à la suite de son beau-père, il était logique qu'il occupe également la grande maison. Toutes les sœurs vivaient au loin, dans les foyers de leurs maris. C'était à Chandra de devenir la maîtresse de ce petit palais.

Entre sa mère handicapée, les deux garçons, la direction du personnel domestique et les réceptions voulues par son mari, Chandra n'avait plus de temps pour elle. Elle n'aurait su dire de quoi elle avait hâte désormais : d'être débarrassée de sa mère, de ses fils, de ses obligations, de son mari ? De tout cela sans doute, de toute cette vie encombrante et fastidieuse. Au fond, elle ne désirait qu'une seule chose : qu'on lui fiche la paix. Mais pour cela, étant donné sa position sociale, il lui faudrait attendre la mort.

Seul ce qui possède une masse est assujetti au temps

Shanghai, 2273

Le jour arriva où le compte fut bon. Ensemble, Ben et Niko avaient amassé quatre cent quatre vingt-quatorze années de temps disponible, de quoi effacer, pour tous les deux, les deux cent quarante-sept ans perdus. Niko ne s'était jamais posé la question de la manière dont il faudrait s'y prendre pour opérer le retour en arrière. Il était acquis que Ben saurait. C'était lui le physicien. Dans sa vie antérieure, il avait fait des expériences de téléportation : de la matière était détruite dans une petite cabine de laboratoire, « faxée » par l'intermédiaire d'un appareil incompréhensible, et reconstituée au loin, dans une petite cabine similaire. Ce processus marchait très bien pour les objets. Les molécules se téléportaient sans difficulté grâce à la transmission des informations. Bien sûr, il ne s'agissait pas exactement de la même chaise ou du même stylo, mais ses propriétés étaient exactement identiques. Pour les êtres vivants, ça avait fini par fonctionner aussi. Il avait fallu un bon nombre de rats avant d'en voir apparaître un vivant à l'autre bout de la chaîne mais enfin, ils y étaient parvenus. Hélas, lorsqu'un premier animal de compagnie fut téléporté, il fallut se rendre à l'évidence : l'animal reconstitué dans le laboratoire d'arrivée, même s'il était en tout point identique à celui d'origine, y compris dans son ADN, n'était pas l'être qui avait été décomposé. Celui-là, qui partageait des souvenirs avec son maître et l'aimait comme un frère, celui-là s'était perdu dans la transmission. On pouvait téléporter des molécules, mais pas une âme. Cette piste qui avait occupé tant de savants, y compris Ben, pendant des décennies n'était pas envisageable pour le déplacement des êtres humains.

Dans l'esprit de Ben, ces heures volées devaient pouvoir s'additionner vers l'avant comme vers l'arrière. Il suffisait de voir comme Monsieur Li avait rajeuni. Depuis qu'ils le connaissaient, leur patron avait bien perdu trente ans d'âge physique. En mettant bout à bout ces deux cent quarante-sept ans, chacun devrait rajeunir d'autant, autrement dit retourner dans le passé. Mais lorsque Ben s'attela à la réalisation de ce prodige, il comprit assez vite que ce ne serait pas simple. Jusque-là, il n'avait pas voulu regarder la vérité en face. La perspective du retour leur donnait l'énergie pour avancer. Il savait qu'en théorie, la flèche du temps ne possède qu'une seule direction, mais il se méfiait des théories. Surtout, l'hypothèse du

Big Bang, cette théorie de l'explosion originelle qui avait lancé la flèche du temps, avait été mise à mal deux ou trois ans avant leur départ. Les scientifiques formulaient de nouvelles possibilités de multivers. L'espace était flexible, étirable, dynamique, tout l'inverse de la vision statique de Newton. Sans doute en allait-il de même avec le temps qui lui était relié. Il était vraisemblable que les découvertes ultérieures aient permis de comprendre les véritables origines de l'univers, le rapport réel entre temps et espace et la possibilité de les tordre à loisir. Ben avait espéré que ces données nouvelles seraient accessibles. À son époque, tout le monde pouvait se cultiver en surfant sur la Toile. Il n'aurait pas imaginé que deux siècles plus tard, le savoir serait à ce point confisqué.

Monsieur Li avait fini par lui obtenir l'accès aux archives mondiales conservées dans un hub en sous-sol à Pékin. Cela n'avait pas été sans mal, mais Ben lui avait promis cinquante ans de surplus s'il acceptait de les aider. À présent, Monsieur Li, entre ses propres stocks et cette livraison nouvelle, disposait de quoi se maintenir jeune pour les deux cents années suivantes. Cela lui suffisait amplement. Il n'était pas certain de souhaiter vivre jusque-là. C'est pourquoi, même s'il avait compris que sa générosité le priverait bientôt de ses deux employés, il ne voyait pas d'inconvénient à les aider. Cela l'excitait car, en échange, il exigeait la vérité de Ben et de Niko sur leurs véritables origines.

Les aveux des deux chasseurs dépassèrent les espérances de Monsieur Li. C'était si merveilleux de se dire qu'il avait hébergé et nourri deux Européens, l'un du XVIIe siècle, l'autre du XXIe. Sans doute était-il le seul sur cette planète à avoir jamais eu ce privilège. Il était devenu si riche grâce à la revente des heures récoltées à des maharadjahs, à des oligarques russes ou à des milliardaires arabes, que personne, en Chine, ne pouvait égaler son pouvoir. D'autant qu'avec beaucoup de finesse, il avait mis sa fortune à la disposition de Xi Gao. Le dirigeant chinois n'avait aucune raison de ne pas satisfaire son premier pourvoyeur de fonds. Il l'autorisa à accéder à la chambre des archives numériques.

Ben était très excité de connaître enfin les fruits de plus de deux siècles de recherches scientifiques. Déjà, la salle des machines le laissa pantois. Presque rien n'avait évolué depuis deux siècles, hormis les ordinateurs personnels, ces petites machines rondes lumineuses programmées pour la distraction des foyers. Le progrès technologique, du moins en Chine, avait donc pris fin au XXIe siècle. Au moins n'aurait-il pas de mal à naviguer dans toutes les données stockées par le pouvoir. Ses découvertes l'emplirent de stupeur. Dès ses premières demandes, il comprit que tout ce temps écoulé depuis sa jeunesse n'avait servi qu'à la destruction de pays entiers, à la création d'objets inutiles et à l'expansion d'un système de lignes financières ne correspondant à rien de réel. Peut-être d'autres parties du monde avaient-elles pris d'autres orientations mais cela n'apparaissait pas dans les données auxquelles Ben avait accès. Certes, les physiciens avaient continué d'avancer. Grâce aux cordes, ces petits brins d'énergie, des expériences avaient permis de déplacer dans le temps des objets de très faible poids et, bien entendu, sans âme. Il lui apparut plus clairement que jamais il ne serait en mesure de créer les conditions pour rentrer chez lui, en 2026. Tout ce temps amassé ne pourrait leur servir qu'à se maintenir jeunes pendant des décennies et à devenir presque aussi riches que Monsieur Li. En sanglotant derrière son écran, Ben n'osait penser à ce qu'il dirait à Niko qui attendait leur départ avec tant d'impatience.

Avant de se déconnecter, il fit une dernière recherche. Puisque aucune information n'était disponible au sujet de Sam Gutmann, il fit une requête sur « Samantha Goodman » et tomba sur la fiche d'une ancienne maison d'édition américaine. Après son essai *Imperceptiblement*, sur l'œuvre de Johar Stern, la philosophe avait, dans la foulée, publié une biographie de cette écrivaine. Puis, dix années plus tard, un deuxième essai sur la nature du temps. Ces deux derniers livres n'existaient qu'en anglais. Manifestement, Sam avait quitté la France après leur départ. Peut-être avait-elle eu des propositions dans une université américaine. Peut-être s'était-elle mariée là-bas. Quel con ! Il serrait les poings contre sa poitrine. Tout ce gâchis parce qu'il était jaloux. Jaloux de l'affection que Nicola portait à Sam plutôt qu'à lui. Coucher avec Nicola, comment avait-il pu imaginer une chose pareille ? Aujourd'hui, il ne pouvait envisager le moindre contact avec Niko, son compagnon de galère. Il l'aimait toujours, bien sûr, mais comme un petit frère. Était-ce possible qu'il ait considéré cet être comme un objet de désir ? Ben aimait Nicola qui aimait Sam. Quelle banale situation triangulaire. Et encore ! Si seulement cela avait été de l'amour ! Non, Ben désirait Nicola qui désirait Sam. C'était la triste vérité. Car tous les trois s'aimaient. Nicola aimait Sam et Ben. Sam aimait Ben et Nicola. Ben aimait Nicola et Sam. Ce désir, qui avait été aussi fugace qu'une pluie d'été, valait-il tout ce désastre ?

Il lui fallait renoncer à reprendre la vie là où il l'avait laissée et se ressaisir. Imaginer une autre option. Et c'est là qu'il conçut son nouveau plan : parler à Sam au-delà des siècles. Il trouverait un moyen d'envoyer vers le passé un message qui expliquerait à Sam qu'il ne s'était pas évaporé pour toujours de son plein gré, qu'il avait commis une faute qu'il ne cessait de payer, qu'il regrettait la peine qu'il avait pu lui causer mais que la sienne n'en était que plus cruelle, qu'il était prisonnier d'une époque future sans intérêt. Il lui souhaiterait de profiter de chaque instant de sa vie avec intensité et plaisir car rien de mieux n'existait pour eux dans cet avenir.

S'il ne pouvait se déplacer par lui-même, au moins pouvait-il utiliser ces deux cent quarante-sept ans si chèrement acquis pour faire parvenir ces quelques phrases à la femme qu'il aimait. Un message, ça ne pesait rien, ce n'était pas vivant, ça pourrait franchir la barrière des siècles. L'avantage de ces vieilles bécanes, c'est qu'elles fonctionnaient encore avec des messageries électroniques. Il prit le temps d'écrire et chaque seconde lui parut d'une éternité sublime. Il tapa l'adresse de Sam dans les destinataires et, en objet, inscrivit le mot *Pardon*. Puis il libéra les centaines de milliers d'heures accumulées et appuya sur envoi.

Prendre son temps n'est pas le perdre

Bakayam, 2275

Il n'avait pas été facile de convaincre Niko que cette vie valait toujours la peine d'être vécue même s'ils pouvaient cesser, désormais, de vivre comme des travailleurs pauvres à la solde de Monsieur Li. Ben répéta qu'ils devaient se construire une vie, maintenant qu'ils savaient qu'ils n'en auraient pas d'autre, ils étaient assez fortunés pour s'offrir une jolie maison dans un cadre enviable. La géographie des côtes avait bien changé depuis leur jeunesse ancienne et nombre de villes avaient été englouties. De nouveaux bords de mer avaient surgi, comme celui de Bakayam, dans le golfe de Birmanie. Ben l'avait repéré lors d'un de ses voyages en Inde. Là-bas, tout le monde comprenait le chinois ou même l'anglais car les Birmans avaient été sous domination britannique au XXe siècle. Niko-Nicola ne savait plus comment se nommer désormais. En quittant la Chine, elle n'avait plus de nécessité à être un garçon. Elle n'avait plus aucun désir propre, pas même celui de mettre fin à ses jours, aussi le suivit-elle sans rechigner. Ben avait su lui rappeler qu'elle avait déjà dit adieu au siècle de sa naissance, qu'importait dès lors qu'elle vive au XXIe ou au XXIIIe. Certes, elle avait aimé Sam, mais pas plus qu'il ne l'avait aimée lui, et c'était un euphémisme. Ne s'était-elle pas attachée à ce ronchon de Newton ? Finalement, n'était-ce pas avec Ben qu'elle avait passé la plus grande partie de son existence, n'étaient-ils pas liés tous les deux par l'aventure qu'ils avaient partagée ? Il n'aurait pas osé lui rappeler que c'était lui qui, le premier, l'avait trouvée, hagarde dans la cour de Trinity College, que c'était lui qui s'était occupé d'elle et lui avait ouvert son foyer. C'est sa femme à lui qu'ils avaient abandonnée à Paris, c'est lui qui aurait dû hurler de douleur. Mais il ne le faisait pas. Il n'avait pas de temps à gaspiller pour justifier le passé. Toutes ses études, ses expériences, ses découvertes, ses hypothèses, ses déconvenues ne l'avaient conduit qu'à une seule conclusion : il n'existe pas de temps *bis*. Pas plus que de retour en arrière. Ce qui a été mal accompli ne saurait être réparé.

Finalement, ils n'avaient pas eu à faire construire leur maison. Ils avaient racheté celle d'un dignitaire birman qui possédait une demeure entièrement en teck sur les hauteurs de Bakayam. La terrasse se prolongeait par une piscine à débordement. Un escalier partait du fond du jardin pour rejoindre la plage, le plus souvent déserte, en contrebas. Ils avaient repris le mobilier du propriétaire également car toutes leurs possessions tenaient dans deux valises et un sac où se trouvait l'un des deux attrape-temps – on ne sait jamais. Ils avaient laissé l'autre à Monsieur Li à qui ils avaient appris à s'en servir. Il en ferait, comme eux, mauvais usage, profitant de l'impatience et de la naïveté de leurs semblables. Mais ce n'était plus leur problème. De même, s'ils avaient rendu l'un de leurs deux véhicules à Monsieur Li, ils lui avaient racheté l'autre, assorti de son autorisation de déplacement, ce qui faisait d'eux de grands privilégiés. Ils avaient évidemment gardé leurs quatre précieux livres. L'essai de Sam, *Bermuda XIII* et les deux Joey Bloom. Le deuxième roman racontait l'histoire d'une biographe payée par un milliardaire pour raconter sa vie et qui se rendait compte qu'elle se trouvait face à un tueur en série. Tous les deux l'avaient lu plusieurs fois pour le simple plaisir de renouer avec la lecture de l'anglais mais ils l'avaient un peu moins aimé que le précédent.

Dans leur nid à l'aplomb de la mer turquoise, Ben et Niko auraient pu s'ennuyer si la longue fréquentation de leurs clients prêts à se délester de leur temps ne leur avait pas appris à apprécier chaque moment, même le plus creux ou le plus vulgaire. Ils se levaient avec le soleil, partaient à pied jusqu'au marché chercher leurs produits du jour, rentraient les cuisiner, allaient courir sur la plage, nageaient, faisaient la sieste, discutaient de possibles avenirs car il était entendu qu'ils ne passeraient pas le reste de leurs jours sur cette grève. Tôt ou tard, il leur faudrait trouver une équipe de physiciens et reprendre leurs recherches. Même si Ben n'en avait pas trouvé trace dans le hub chinois, il était probable que l'écart entre les nouvelles théories et celles qu'ils avaient laissées en Europe était aussi grand que celui qui avait séparé les trouvailles de Newton de la rencontre avec Nicola. De temps en temps, ils allaient jusqu'à Rangoon à la rencontre de leurs semblables. C'est là qu'au coin d'une rue, dans un carton abandonné dégorgeant de livres, ils tombèrent sur un troisième roman de Joey Bloom. Que quelqu'un ait pu souhaiter se débarrasser de biens si précieux leur paraissait hallucinant mais c'était ainsi. Les livres étaient devenus si rares ! Ils auraient pu prendre tout le carton mais la plupart des ouvrages étaient en birman et en chinois. Seuls deux étaient en anglais : un roman de George Orwell qui se passait en Birmanie et un de Joey Bloom, intitulé *Les Maîtres du temps*.

À son cœur qui battait à se rompre, Ben sut qu'il y trouverait les réponses à toutes les questions qu'il n'était jamais parvenu à formuler clairement.

Son instinct ne l'avait pas trompé. C'était leur histoire. Chacun y jouait son propre rôle, Niki *little fellow* de Newton, Sam spécialiste d'une romancière qui passait sa vie à écrire « presque » toujours le même livre mais ce « presque », multiplié par cinquante ans, finissait par changer complètement l'histoire initiale, Benjamin, physicien incapable de tenir en place, incapable de dire clairement les choses. Une phrase le marqua plus que les autres : « Il n'avaient pas compris comment les couloirs du temps s'étaient ouverts. Ils ne pouvaient que constater le phénomène et s'acharner à le reproduire, même s'ils devaient y abandonner leurs vies. »

Ce *ils*, Ben en était conscient, ne le dédouanait pas de sa faute. C'était lui et lui seul qui avait joué avec la vie de Nicola. Cédric s'était montré réticent et, du reste, n'avait que peu œuvré pour ce qui avait fini par se produire. Quant à Nicola, elle aurait tellement préféré rester en 2026.

Dans le livre, Benjamin et Niki mouraient, leurs corps calcinés étaient retrouvés dans les décombres fumants du laboratoire de Paris-Saclay, laissant Sam seule et désespérée. La romancière obsessionnelle la prenait sous son aile, l'emmenait avec elle à New York, lui présentait sa famille, ses amis, des amis de son fils. Parmi tout ce monde, Sam se laissait approcher par Carson Bloom, une cinéaste de son âge, juive elle aussi. Le ventre de Sam ne laissait planer aucun doute, elle était sur le point d'accoucher. « Eh bien, ce sera déjà une bonne chose de faite », avait remarqué la cinéaste, qui ne manquait pas d'esprit pratique. À la naissance de Joey, à New York, Carson proposait de la reconnaître comme parent 2 et de lui donner son patronyme. Sam trouvait le nom de Bloom (« floraison ») plus joyeux, plus festif que Gutmann, dont la moitié de la famille avait fini dans un camp polonais – il était pourtant tout aussi juif, puisqu'il s'agissait d'une anglicisation de Blumensfeld. Cela lui donnait le désir de changer son propre patronyme en Goodman, qui signifiait la même chose que Gutmann « homme bon », l'histoire juive en moins. Elle pensait, ainsi, renouer avec la joie. Elle avait également eu l'heureuse surprise d'entrer, dès le quarante-troisième *Bermuda*, dans l'œuvre de Johar Stern qu'elle avait tant étudiée. Sam était devenue alors, pour huit volumes, un personnage de ce récit révéré.

À ce stade, Ben était désespéré d'avoir créé un tel cratère dans la vie de Sam et de cette petite fille dont il avait ignoré l'existence. Il poursuivit sa lecture en pleurant.

Lorsque Joey avait eu sept ans, elle avait appris de sa mère que son père n'était pas mort, comme tous l'avaient cru. Il était un voyageur du temps, vivait en Chine dans les années 2270, et était parvenu à leur envoyer un mail qui avait traversé les siècles, dans lequel il racontait son aventure, et avouait qu'il avait espéré revenir et ne le pourrait pas. Il regrettait son erreur et jurait que son cœur appartiendrait à Sam pour toujours.

En grandissant, Joey avait compris que son père était parti sans soupçonner son existence. *Peut-être m'aurait-il aimée, moi aussi*, pensait-elle. Mais comment l'atteindre, comment le lui faire savoir ?

– Écris, lui conseillait Johar Stern. Je ne vois que ce moyen pour donner une réponse à sa lettre. Raconte ton histoire et la sienne. Peut-être un jour tombera-t-il sur ton livre, il se reconnaîtra et saura qui tu es.

Lorsqu'elle avait eu vingt ans, Joey Bloom avait écrit *Les Maîtres du temps.*

Ben sourit à travers ses larmes. Ainsi ces années à voler des heures, des jours et des mois n'avaient pas été vaines. Son message était parvenu à transpercer le passé. Comme nombre d'écrivains américains, Joey Bloom avait inscrit, au début de son livre, au-dessous de son copyright, une adresse mail pour que ses lecteurs puissent la contacter : jbb@joeybloom.com. Pourquoi les deux B ? Pour Bruder, pensa-t-il. Sa fille se réclamait de lui : Joey Bloom Bruder. Niko avança timidement qu'il pouvait s'agir d'un second prénom : Joey Beatrice Bloom ou Joey Bianca Bloom.

Mais la version de Ben l'emporta car, à la fin des *Maîtres du temps*, après les remerciements d'usage, Joey Bloom avait inscrit cette dédicace :

À Sam Goodman, ma mère adorée, et à Benjamin Bruder, mon père aux semelles de vent.

Ce soir-là, Ben parla à Niko.

– Nous allons reprendre du service, annonça-t-il avec une énergie qu'il ne s'était plus connue depuis longtemps. On rafistole la machine et on repart au combat.

Il me faut retrouver deux siècles et demi dans les mois qui viennent, Monsieur Li saura nous dégoter un vieil ordinateur capable d'envoyer des mails, j'ai un nouveau message à envoyer !

Le temps est une succession de cycles

New York, juillet 2067

Le matin de son quarantième anniversaire, Joey Bloom reçut cet étrange message électronique :

Joyeux anniversaire, ma chérie. J'ai lu trois de tes livres et j'ai l'impression de te connaître. Envoyer un seul message dans le passé demande une très grande collecte de temps que je ne peux t'expliquer, c'est pourquoi il est possible que je ne puisse pas t'écrire de nouveau. Mais je voulais te dire à quel point je suis heureux de ta présence sur terre. Connaître ton existence illumine mon morne quotidien. Tu as tellement de talent. Profite de ton époque, elle est belle, et, au moins, c'est la tienne. Je ne suis, hélas, pas le maître du temps, mais son prisonnier. J'espère que ta mère est toujours en vie. Embrasse-la pour moi et dis-lui qu'elle n'a jamais cessé de me manquer.

Ton père aux semelles de plomb qui ne cessera jamais de vous aimer toutes les deux.

– Pourquoi pleures-tu ? demanda Abigail en posant sa petite main sur le bras de sa maman.

– Parce que je suis très heureuse. Aujourd'hui, la vie m'a offert un père. Ma marraine avait raison lorsqu'elle me disait qu'écrire était une manière d'envoyer des messages dans le futur.

Depuis toute petite, Joey regardait religieusement les photos de son père en tentant de se trouver avec lui quelques ressemblances. À cinq ans, elle avait accompagné sa mère dans le sud-ouest de la France afin de se recueillir sur sa tombe, dans laquelle la famille avait accepté d'accueillir les cendres de la jeune femme qui avait péri avec lui dans l'explosion du synchrotron. Joey était déjà familière de son histoire, de son entêtement à vouloir brûler les années afin de connaître la science des temps à venir. Deux ans plus tard, sa mère recevait ce message du futur dans lequel Benjamin affirmait avoir réussi son voyage. Lui et Nicola avaient émergé en Asie en 2259 où ils étaient devenus marchands de temps. Ils en soulageaient ceux qui estimaient en avoir trop, pour le compte d'un vieux Chinois qui le vendait à ceux qui en manquaient. C'est ainsi qu'il avait pu amasser les précieuses années qui lui avaient permis d'envoyer ce message dans le passé. Il regrettait son coup de tête car rien, dans ce monde-là, n'était meilleur que jadis. La science avait acquis une grande technicité. Entre autres nouveautés, cette époque donnait une valeur marchande à ce qui autrefois relevait du domaine de la philosophie ou de la spiritualité, mais c'était à peu près tout ce qui valait la peine d'être retenu. Il espérait que Sam n'avait pas trop souffert de sa disparition étrange (il ne pouvait imaginer que leurs corps avaient été retrouvés calcinés) et l'assurait de son amour éternel.

Il ignorait alors l'existence de Joey, née à New York en juillet 2027. Joey avait dû grandir avec cette idée triste qu'elle n'existait pas pour son père. En même temps, cela lui permettait de penser que s'il avait connu son existence, il n'aurait plus voulu partir. Il serait resté à côté d'elle pour protéger sa jeune vie. Cette histoire qu'elle se racontait, elle n'en était pas absolument certaine. Elle sentait que son père était capable de tout.

C'est pourquoi ce message qui confirmait que Ben n'avait connu son existence qu'une fois perdu dans le futur apaisait ses doutes d'enfant. Son père l'aimait. Il l'aurait aimée depuis ses origines s'il avait su. Et cela la consolait de tout. Johar Stern, sa marraine, était morte depuis près de vingt ans à présent mais elle avait su lui dire tout cela, comme si elle avait eu des visions de l'avenir. Lorsque Joey appela sa mère pour lui annoncer la grande nouvelle et lui rappeler que Johar en avait eu la prescience, Sam n'en fut pas étonnée. Il y avait, dans la manière dont Johar Stern envisageait la fiction, quelque chose de médiumnique.

Après la résurrection de son père, Johar avait écrit dix autres *Bermuda* qui évoquaient ce retour, la renaissance, l'éternel recommencement du temps. Puis, parvenue à

Bermuda L, c'est-à-dire à son cinquantième opus, elle avait décidé d'arrêter. Elle avait soixante-huit ans. Elle souhaitait désormais profiter du temps qu'il lui restait (douze années) sans le filtre de l'écriture. Elle avait voyagé et fait découvrir le monde à Alice, sa petite-fille, puis à Joey, sa filleule. Elle avait fini sa vie joyeusement entre ses cousins, les précédant dans l'autre monde, foudroyée par un AVC. Joey avait à peine plus de vingt ans lorsqu'elle avait perdu sa marraine. Sa tristesse avait été profonde, d'autant que Johar n'avait jamais pu lire ce premier roman que Joey avait terminé le matin même de son décès. C'était une curieuse transmission : une romancière émergeait tandis qu'une autre prenait le large.

Sam avait vu dans ce passage de témoin le signe d'un éternel renouvellement, d'autant que *Les Maîtres du temps* avaient été acceptés par un agent puis vendus à un éditeur très rapidement. De là où elle se trouvait, Johar Stern veillait sur Joey, cela ne faisait aucun doute. Lorsqu'elle faisait défiler le film de sa vie, Sam ne pouvait s'empêcher de remercier l'instinct incroyable qui, dès l'âge de quinze ans, l'avait poussée à s'intéresser à l'œuvre de Johar Stern. La romancière avait finalement été le point d'ancrage de toute son existence. Elle se demanda si cette cohérence était le sens intrinsèque de sa vie ou si elle l'avait reconstituée afin de lui inventer un sens. Elle savait ce que Johar lui aurait répondu : « Peu importe ce qui est, ce qui compte est ce que tu ressens. »

Sam savait qu'il lui restait peu de temps, elle était

atteinte d'une maladie rare du système sanguin. Ce qu'elle ressentit, le matin des quarante ans de Joey, fut cette joie de savoir qu'après elle, Joey ne se sentirait pas seule. Elle aurait ce père lointain auquel elle continuerait d'envoyer ses messages. Sam commençait à comprendre ce que Mamouchka avait tenté de lui dire les semaines qui avaient précédé son départ. La vie peut sembler suffisamment longue lorsqu'elle a été bien occupée. Sam était sereine. Un peu curieuse peut-être de savoir si son esprit, libéré de son corps, serait capable de combler les deux siècles qui la séparaient de Ben, s'il rejoindrait ce tout dont parlait Spinoza, s'il retrouverait Johar Stern dans le Triangle des Bermudes, ou si la nuit tomberait définitivement.

Postface

de Jean-Pierre Luminet

astrophysicien et romancier

Bien que physicien théoricien n'ayant cessé de manipuler au cours de mes recherches des échelles de temps allant de fractions de milliardièmes de seconde aux quatorze milliards d'années de l'âge supposé de notre univers (voire bien plus selon l'hypothèse d'une future éternité cosmique), je ne sais toujours pas ce qu'est vraiment le temps. Tout comme saint Augustin, cité dans le roman que vous venez de lire, ou que Fernando Pessoa.

Dans son *Livre de l'intranquillité*, l'écrivain portugais, poursuivant sa réflexion sur le temps, écrit : « Je ne sais quelle est sa vraie mesure, si toutefois il en possède une. Celle des horloges, je sais qu'elle est fausse. Elle divise le temps spatialement, du dehors. Celle des émotions, je sais aussi qu'elle est fausse ; elle divise, non pas le temps, mais la sensation du temps. Celle des rêves est erronée : nous y effleurons le temps, tantôt au ralenti, tantôt à toute vitesse, et ce que nous y vivons est rapide ou lent selon quelque flux secret dont j'ignore la nature. Il me semble parfois que tout est faux, et que le temps n'est qu'un simple contour, servant de cadre à quelque chose qui lui est étranger[1]. »

On ne saurait mieux définir l'étonnant roman de Stéphanie Janicot, singulière réflexion sur la nature du temps, convoquant à la fois l'histoire de ses différentes conceptions, certaines théories physiques actuelles plus proches de la science-fiction que de la vraisemblance scientifique, des réflexions philosophiques sur la mémoire et la perte de cette dernière, et surtout les puissants vécus humains de plusieurs personnages clés.

Parmi eux je retiens surtout Nicola – ou Niko lorsqu'il s'agit de cacher son genre –, créature féminine plutôt androgyne et seul personnage du livre qui traverse les trois époques mises en jeu dans le récit.

La première époque, allant de 1683 à 1693, est celle de ces « bâtisseurs du ciel » que j'ai convoqués dans ma série romanesque éponyme. Notre héroïne y assiste dans ses travaux, tant scientifiques qu'alchimiques, ce géant de la pensée que fut Isaac Newton, juste avant que l'explosion de son laboratoire alchimique ne déclenche une faille temporelle qui expédie Nicola dans une seconde époque allant de 2024 à 2026. La troisième époque est celle à laquelle s'achève la singulière trajectoire de Nicola, qui bifurque à nouveau en 2026, lorsqu'une expérience risquée de physique des hautes énergies, faite à Saclay, se termine par une nouvelle explosion et la projette, cette fois accompagnée de son

1. Fernando Pessoa, *Le Livre de l'intranquillité de Bernardo Soares*, trad. Françoise Laye, Christian Bourgois, 1988.

mentor physicien Benjamin, dans les années 2259 à 2275, en Asie. Un futur étonnant, dont la description me semble en partie prémonitoire, comme si les fameux BRICS+[1] finissaient par remporter la bataille géopolitique qui les oppose au mondialisme monopolaire occidental piloté par les États-Unis. Dans *Les Maîtres du temps*, l'Europe semble avoir été détruite par des bombes et les Américains usé la patience des Russes en se servant perfidement de cette Europe comme zone-tampon. Au XXIIIe siècle, notre petit continent est devenu inaccessible, dissipé derrière un rideau de fumée. Les États-Unis sont entièrement gouvernés par l'intelligence artificielle, tout engin voulant s'en approcher étant immédiatement abattu. Le monde vivant tourne dès lors autour de la Sibérie, de l'Asie centrale, de l'Asie du Sud-Est, de l'Afrique et de l'Océanie. Comme le fait remarquer avec pertinence et humour l'un des protagonistes, « ça suffit pour s'amuser, non ? ».

Ce monde-là est toutefois loin d'être idyllique. Obsédés par l'écoulement apparemment inexorable du temps, les chercheurs ont découvert les moyens de le maîtriser et de le commercialiser sous forme de « monnaie de vie ».

La fin du roman opère un étonnant « retour en arrière » grâce au message que Benjamin réussit à envoyer dans le passé, en l'an 2067. Cette fin inattendue constitue aussi une formidable manière de « boucler » le récit par une de ces « boucles temporelles » chères à la science-fiction !

1. Groupe de neuf pays qui se démarquent de la vision géopolitique occidentale : Brésil, Russie, Inde, Chine, Afrique du Sud, Égypte, Émirats arabes unis, Éthiopie et Iran.

Inutile de préciser que ces différents voyages dans le temps, malgré les tentatives de justification convoquant tout l'arsenal de la physique théorique actuelle – micro-trous de ver artificiels, théorie des cordes, dimensions supplémentaires, multivers, intrication quantique, etc. –, sont totalement invraisemblables sur le plan scientifique, du moins à l'aune de nos connaissances actuelles. Mais qu'importe : comme il m'est maintes fois arrivé de répondre à des écrivains ou à des scénaristes me demandant de vérifier la cohérence scientifique de leur manuscrit avant de les soumettre aux fourches caudines des éditeurs, dans une œuvre de fiction l'intrigue doit toujours primer sur la vraisemblance scientifique ! Ce qui n'interdit pas de rester dans certaines limites d'extrapolation « raisonnables », pour éviter de tomber dans le grotesque. C'est le cas ici, de même que dans un certain nombre d'œuvres littéraires et cinématographiques récentes traitant de voyages temporels à travers ces « accidents » de l'espace-temps que seraient les trous de ver. Je citerai pour mémoire *Contact* (1985), le roman de Carl Sagan, adapté au cinéma en 1997, et le très astucieux blockbuster hollywoodien *Interstellar* de Christopher Nolan (2014), dont le conseiller scientifique fut mon collègue étasunien Kip Thorne, spécialiste des distorsions temporelles et prix Nobel de physique en 2017.

Pour en revenir au questionnement principal du roman de Stéphanie Janicot, à savoir quelle est la vraie nature du temps et est-il possible de le maîtriser, les trois périodes du récit correspondent précisément à trois étapes de la pensée scientifique relative à cette question ; la dernière étant d'ailleurs on ne peut plus spéculative...

L'avènement du temps « scientifique », c'est-à-dire d'un *chronos* objectif distinct du *tempus* psychologique, a coïncidé avec la révolution mécaniste du début du XVIIe siècle. Galilée, puis Kepler, Huygens et Newton ont réalisé le programme déjà posé par Aristote : le temps comme mesure du mouvement. Matérialisé par la succession des engrenages de roues ou les oscillations de pendules, le temps est devenu mathématisé à l'aide de suites numériques, acquérant ainsi le statut de grandeur mesurable. À l'époque de Newton, soit celle où l'héroïne du roman voit le jour, rien ne laissait cependant accroire que l'écoulement du temps physique puisse ne pas être régulier. La mécanique newtonienne supposait que le temps s'écoule uniformément, qu'il est universel, absolu et invariable, la mesure de son écoulement étant indépendante de tout observateur.

Le passage de cette conception rigide du temps, devenue fondement de la mécanique classique, à la conception *élastique* du temps, découverte par la relativité einsteinienne, a marqué un bouleversement majeur de la physique, donc de la pensée humaine. Dans le roman, on remarquera que Nicola, grâce à son intelligence hors normes, s'adaptera très vite à ce changement radical de vision du monde. Suite à l'explosion du laboratoire alchimique de Newton qui la projette dans la période actuelle, notre héroïne s'engage dans les recherches en cours sur la nature du temps : théorie M, création artificielle de micro-trous de ver en accélérateur de particules, intrication quantique, etc.

Stéphanie Janicot a visiblement lu beaucoup d'ouvrages de vulgarisation sur le sujet. Elle a bien compris qu'aujourd'hui encore, malgré la découverte de son élasticité, la véritable nature du temps échappe toujours aux physiciens. Ce qui laisse avec bonheur libre cours à la fiction ! Notre romancière a certainement été séduite par certains modèles théoriques suggérant que le temps n'est qu'une illusion induite dans nos trois dimensions spatiales usuelles par l'intrication quantique qui agit au sein d'un espace à un nombre beaucoup plus grand de dimensions (la théorie M, supposée être une théorie du tout fonctionnant dans un espace-temps à onze dimensions, est à ce titre plusieurs fois évoquée). Dans cette vision, un observateur extérieur à notre tranche d'univers, une « brane » dans le jargon des physiciens, percevrait le temps comme étant statique et immuable, tandis que collé à notre brane, il semblerait soumis à un effet temporel malléable. En conséquence, le temps ne serait pas une quantité fondamentale de notre réalité physique mais une quantité émergente, par là même manipulable et maîtrisable. C'est ce que les physiciens du futur évoqués dans la dernière partie du roman semblent avoir réussi à faire…

Pour ma part, tout en répétant ne pas avoir la moindre idée de ce qu'est réellement le temps, je pencherais pour une solution consistant à le supprimer purement et simplement comme variable pertinente de la physique. Remarquons en effet que les physiciens cherchent, sans se l'avouer vraiment, à éliminer le temps. Car le temps, c'est le *changeant* et le *variable*, tandis que la physique prétend à l'*immuable* et à l'*invariant*. Notre but n'est-il pas, en effet, d'extraire des lois éternelles, c'est-à-dire affranchies du temps, à partir de phénomènes passagers ? La physique se heurte au temps, d'autant plus qu'en son sein même, ce dernier revêt plusieurs facettes – le temps de la thermodynamique n'est ni celui de la cosmologie ni celui de la physique quantique.

Facile à dire, beaucoup plus difficile à faire… L'élimination du temps physique relève d'un problème pour l'instant insoluble : unifier la relativité einsteinienne et la physique quantique dans un même schéma. La question du temps se pose aujourd'hui de la façon suivante : l'espace-temps relativiste non quantique est défini par sa structure causale, c'est-à-dire le fait que deux événements sont causalement liés si une interaction se propageant à une vitesse inférieure ou égale à celle de la lumière les connecte. Autrement dit, l'univers n'est pas autre chose qu'une certaine relation d'ordre temporel entre tous ses événements ; et dans cette hypothèse la cause précède toujours l'effet. L'espace-temps quantique, lui, fluctue, à l'image de la surface tumultueuse des océans. Il n'a donc plus de structure causale bien définie, et la relation d'ordre temporel devient indéterminée.

Pour sortir de l'impasse, les physiciens ne savent pas s'il faut modifier les concepts de la relativité générale einsteinienne pour les plier à ceux de la physique quantique, s'il faut au contraire modifier la théorie quantique pour la « géométriser » au même titre que la gravitation, ou bien encore s'il faut trouver autre chose de radicalement différent. Il y a actuellement de nombreuses approches de la gravitation quantique, toutes en développements plus ou moins avancés[1]. Toutes sont néanmoins grevées par l'absence de données expérimentales ou observationnelles. Il est même difficile de concevoir des expériences terrestres qui puissent recréer des conditions aptes à tester ces théories.

À mon avis, la véritable nature physique du temps n'est pas près d'être élucidée, et encore moins maîtrisée. Cela ne m'a pas empêché de me laisser porter par le récit de Stéphanie Janicot. J'espère toutefois que le temps, même menotté, maîtrisé et découpé en morceaux commercialisables comme la romancière l'a hardiment envisagé, ne devienne pas cette monnaie « d'échange de vie » accessible aux seuls fortunés qu'envisagent déjà – bien que sous d'autres formes – les partisans actuels de l'idéologie transhumaniste prônant, non sans une certaine outrecuidance, la mort de la mort. Du temps nous ne savons encore rien, à plus forte raison s'il est une *dimension*, ou plusieurs, ou tout autre chose.

---

1. Jean-Pierre Luminet, *L'Écume de l'espace-temps*, Odile Jacob, 2020.

REMERCIEMENTS

En premier lieu, je tiens à remercier les scientifiques sans lesquels ce roman n'aurait pas d'objet :

– l'astrophysicien Émeric Falize, qui m'a offert un temps précieux pour répondre à mes questions sur ses recherches et son travail à Paris-Saclay, et dont je me suis inspirée pour créer le personnage de Cédric. Je le prie de me pardonner toutes les libertés que j'ai prises en détournant ses explications pour servir la trame romanesque. Ce qui apparaîtrait comme invraisemblable n'est donc imputable qu'à mon imagination ;

– l'astrophysicien et écrivain Jean-Pierre Luminet, dont l'excellente biographie *La Perruque de Newton* m'a été indispensable pour cerner le très complexe personnage d'Isaac Newton. Merci à lui pour sa précieuse relecture et son indulgente postface. Pour aller plus loin, ne manquez pas de lire son excellent *L'Écume de l'espace-temps* (Odile Jacob, 2020).

– le physicien Brian Greene, dont les documentaires sur le monde quantique, l'infiniment petit et l'infiniment grand ont été d'une grande aide pour comprendre un peu mieux la théorie des cordes en plus des nombreux ouvrages sur le temps, les voyages dans le temps et l'histoire de la physique quantique que j'ai pu lire.

Je profite de ces quelques lignes pour remercier également la maison Albin Michel, notamment Francis Esménard, qui me suit depuis vingt-cinq ans. Merci également à Gilles Haéri, à Anna Pavlowitch, à Gérard de Cortanze, à Florence Godfernaux et à Marie-Pierre Coste-Billon.

DE LA MÊME AUTEURE

Aux Éditions Albin Michel

SOLEDAD, 2000.

UNE TRAVIATA, 2001.

NON, MA MÈRE N'EST PAS UN PROBLÈME, 2002.

LA CONSTANTE DE HUBBLE, 2003.

TU N'ES PAS SEUL(E) À ÊTRE SEUL(E), 2005.

CET EFFRAYANT BESOIN DE FAMILLE, 2006.

LE PRIVILÈGE DES RÊVEURS, 2007.

CENT ROMANS DE PREMIÈRE URGENCE POUR (PRESQUE) TOUT SOIGNER, 2008.

DANS LA TÊTE DE SHÉHÉRAZADE, 2008.

L'ŒIL DU CYCLONE, 2009.

QUE TOUS NOUS VEUILLE ABSOUDRE, 2010.

LA MÉMOIRE DU MONDE, 3 tomes, 2013-2014, prix Renaudot Poche 2016.

DIEU EST AVEC VOUS... (SOUS CERTAINES CONDITIONS), première édition Bayard, 2007, coll. « Espaces libres », 2015.

NEWLAND, 2016 suivi de SAUVER NEWLAND, 2022.

FALLEN ANGEL, 2017.

LE RÉVEIL DES SORCIÈRES, 2020.

L'ÎLE DU DOCTEUR FAUST, 2021.

DISCO QUEEN, 2023.

Aux Éditions Zulma

LES MATRIOCHKAS, 1996.

DES PROFONDEURS..., 1997.

SALAM, 1999.

ULYSSE, 2000.

Composition Nord Compo
Impression CPI Bussière en novembre 2024
Éditions Albin Michel
22, rue Huyghens, 75014 Paris
www.albin-michel.fr
ISBN : 978-2-226-49709-3
N° d'édition : 26106/01 – N° d'impression : 2081575
Dépôt légal : janvier 2025
Imprimé en France